A

LA REINE.

ADAME,

L'approbation dont VOTRE MAJESTE' *a daigné honorer cette Piéce, excuse la liberté que je prends d'oser Lui en consacrer l'hommage.*

N'étoit-il pas juste d'ailleurs que, pour ne rien perdre de leur ancienne gloire, Childeric & Clovis *ne parussent qu'à l'abri du Trône qu'ils ont fondé, dont la grandeur croissant de siécle en siécle est enfin parvenue au plus haut degré par les sublimes vertus dont leur auguste* SUCCESSEUR *&* VOTRE MAJESTE' *le décorent. Celle en qui l'on voit revivre l'illustre* Clotilde, *pouvoit seule offrir à ces Héros une protection digne d'eux.*

Ne craignez point, MADAME, que je profite de l'heureuse occasion que me présente l'honneur que je reçois aujourd'hui pour rendre à VOTRE MAJESTE' *les tributs de louange qui lui sont dûs. Quoique plus vivement pénetré que personne de l'admiration qu'Elle imprime dans tous les cœurs; quoique j'aye puisé dans un si beau modéle les divers sentimens de générosité & de grandeur d'ame que j'ai tâché de faire briller sur la Scéne, je sai mettre un frein à mes transports les plus vifs. Je connois trop combien l'éloge le plus légitime, que n'auroit point fardé la flatterie & qui ne seroit dicté que par la vérité même, blesseroit cependant cette modestie qui fait le prix des autres vertus de* VOTRE MAJESTE', *qui en rehausse l'éclat, & qui n'est elle-même que l'effet de l'assemblage des plus éminentes qualitez.*

Trop heureux que mon zéle & que mes foibles talens ayent pû trouver un accès favorable auprès du Trône, je ne dois m'occuper que de la vénération, & du plus profond respect avec lesquels je suis,

MADAME,

DE VOTRE MAJESTE',

Le très-humble, très-obéissant, & très-fidéle Sujet & Serviteur, DE MORAND.

APPROBATION.

J'Ai lû par l'ordre de Monſeigneur le Garde des Sceaux *Childeric, Tragédie nouvelle*, & je crois que le Public en verra l'impreſſion avec plaiſir. A Paris ce 18. Janvier 1737.

DANCHET.

PRIVILEGE DU ROY.

LOUIS par la grace de Dieu Roi de France & de Navarre, à nos amez & feaux Conſeillers, les Gens tenans nos Cours de Parlement, Maîtres des Requêtes ordinaires de notre Hôtel, Grand Conſeil, Prevôt de Paris, Baillifs, Sénéchaux, leurs Lieutenans Civils & autres nos Juſticiers qu'il appartiendra, SALUT. Notre bien amé le Sr. PIERRE DE MORAND, Nous ayant fait remontrer qu'il ſouhaiteroit faire imprimer & donner au Public, *Childeric, Teglis & autres Poëſies* de ſa compoſition, s'il nous plaiſoit lui accorder nos Lettres de Privilege ſur ce néceſſaires. A CES CAUSES voulant traiter favorablement le Sieur Expoſant; Nous lui avons permis & accordé, permettons & accordons par ces Préſentes, de faire imprimer leſdits Ouvrages cy-deſſus ſpécifiés, en un ou pluſieurs Volumes conjointement ou ſéparément, & autant de fois que bon lui ſemblera ſur papier & caractéres conformes à la feuille imprimée & attachée pour modéle ſous le contre-ſcel des Préſentes, & de les faire vendre & débiter par tout notre Royaume pendant le tems de ſix années conſecutives, à compter du jour de la datte deſdites Préſentes: Faiſons défenſes à toutes ſortes de perſonnes de quelque qualité & condition qu'elles ſoient, d'en introduire d'impreſſion étrangére dans aucun lieu de notre obéiſſance; comme auſſi à tous Libraires & Imprimeurs & autres d'imprimer & faire imprimer, vendre, faire vendre, debiter ni contrefaire leſdits Ouvrages ci-deſſus expoſés, en tout ni en partie, ni d'en faire aucuns Extraits ſous quelque prétexte que ce ſoit, d'augmentation, correction, changement de titre ou autrement, ſans la permiſſion expreſſe & par écrit dudit Sieur Expoſant ou de ceux qui auront droit de lui, à peine de confiſcation des Exemplaires contrefaits, de trois mille livres d'amande contre chacun des contrevenans, dont un tiers à Nous, un tiers à l'Hôtel-Dieu de Paris, l'autre tiers audit Sieur Expoſant, & de tous dépens, dommages & intérêts. A la Charge que ces Présentes seront enregistrées tout au long sur le Registre de la Communauté des Libraires & Imprimeurs de Paris, & ce dans trois mois de la datte d'icelles : Que l'impression desdits Ouvrages sera faite dans notre Royaume & non ailleurs ; & que l'Impétrant se conformera en tout aux Reglemens de la Librairie, & notamment à celui du dix Avril 1725. & qu'avant que de les exposer en vente, les Manuscrits ou Imprimés qui auront servi de copie à l'impression desdits Livres, seront remis dans le même état où les Approbations y auront été données, ès mains de notre très-cher & feal Chevalier le Sieur Chauvelin, Garde des Sceaux de France, Commandeur de nos Ordres ; & qu'il en sera ensuite remis deux Exemplaires dans notre Bibliotheque publique, un dans celle de notre Château du Louvre, & un dans celle de notre très-cher & feal Chevalier le Sieur Chauvelin Garde des Sceaux de France, Commandeur de nos Ordres, le tout à peine de nullité des Présentes : Du contenu desquelles vous mandons & enjoignons de faire jouir ledit Sieur Exposant ou ses ayans cause pleinement & paisiblement, sans souffrir qu'il leur soit fait aucun trouble ou empêchement. Voulons que la copie desdites Présentes, qui sera imprimée tout au long au commencement ou à la fin desdits Ouvrages soit tenue pour duement signifiée, & qu'aux copies collationnées par l'un de nos amez & feaux Conseillers & Secretaires, foi soit ajoutée comme à l'original. Commandons au premier notre Huissier ou Sergent de faire pour l'exécution d'icelles tous actes requis & nécessaires, sans demander autre permission, & nonobstant clameur de Haro, Charte Normande & Lettres à ce contraires ; Car tel est notre plaisir. Donné à Versailles le premier jour de Fevrier l'an de grace mil sept cens trente-sept, & de notre Regne le vingt-deuxiéme. Par le Roy en son Conseil.

SAINSON.

Registré sur le Registre IX. de la Chambre Royale & Syndicale des Libraires & Imprimeurs de Paris, N. 421. fol. 385. conformément au Réglement de 1723. Qui fait défenses art. IV. *à toutes personnes de quelque qualité qu'elles soient, autres que les Libraires & Imprimeurs, de vendre, debiter & faire afficher aucuns Livres pour les vendre en leurs noms, soit qu'ils s'en disent les Auteurs ou autrement. Et à la charge de fournir les Exemplaires prescrits par l'article* CVIII. *du même Reglement. A Paris ce 8 Février* 1737.

G. MARTIN, *Syndic.*

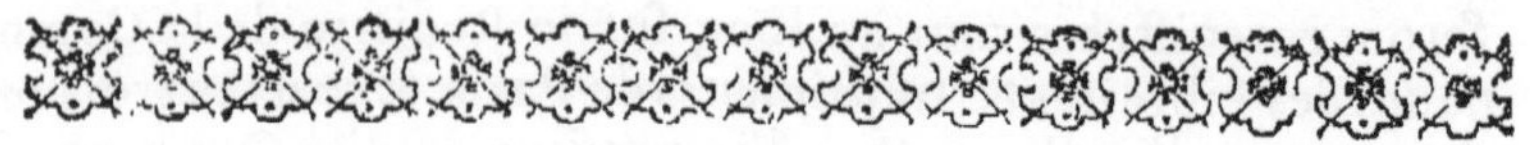

ACTEURS.

CHILDERIC, Premier du Nom, Roy des Français, détrôné par Gellon & crû mort, *M. Surrazin.*

CLOVIS, Fils de Childeric, crû Fils aîné de Gellon, & regnant en sa place depuis sa mort. *M. Quinaut du Fresne.*

SIGIBERT, Fils aîné de Gellon, crû son second Fils & Frere de Clovis ; mais par quelques-uns crû Fils de Childeric, *M. Grand-Val.*

ALBIZINDE, Niéce de Childeric, *Mlle Gaussin.*

CLODOADE, ci-devant Gouverneur des Enfans de Gellon, Ministre d'Etat de Clovis, *M. Fierville.*

LISOIS, Seigneur Français, attaché à Childeric, d'où descend l'illustre Maison de Montmorency, *M. le Grand.*

GONTARIS, Capitaine des Gardes de Clovis, *M. du Breuil.*

ELLENIRE, Confidente de la Princesse, *Mlle du Breuil.*

AGIONE, Suivante de la Princesse, *Mlle du Boccage.*

VALAMIR, Ami de Sigibert, *M. Dangeville, neveu.*

SUITE DE CLOVIS.

GARDES.

La Scene est à Tournay, dans le Palais de Childeric.

CHILDERIC,
TRAGEDIE.

ACTE PREMIER.

SCENE PREMIERE.

CLOVIS, ALBIZINDE, ELLENIRE, AGIONE, SUITE DE CLOVIS, GARDES.

CLOVIS.

ENFIN ces triſtes jours de deüil & de douleurs,
Que la mort de Gellon avoit ſemés d'horreurs,
Ne nous entourent plus de nuages funébres ;
Un Soleil plus ſerain a chaſſé leurs ténébres.

Après avoir rempli tous les devoirs de fils,
Les ſoins de mon amour me ſont enfin permis.
Avant la mort du Roi vous m'étiez deſtinée,
Madame ; j'approchois de ce digne hyménée,
Et ma joye égaloit mes transports amoureux ;
Mais ce fatal revers deſeſpéra mes feux.
Rien n'arrête Clovis : qu'une chaîne éternelle,
Dès ce jour, vous uniſſe au cœur le plus fidelle,
N'héſitez point ; venez.

ALBIZINDE.

Permettez-moi, Seigneur,
De vous ouvrir ici les ſecrets de mon cœur :
A vos empreſſemens je ne veux point répondre
Par d'indignes détours qui pourroient me confondre ;
Et ce ſeroit trahir ma gloire & mon devoir
Que nourrir votre ardeur d'un inutile eſpoir.
Vous vous flattez en vain que d'amour enflammée,
Comme vous, de ces nœuds je dois être charmée,
D'Albizinde Clovis ne peut être l'époux ;
Trop de haine, Seigneur, doit regner entre nous.
Non que, de vos vertus en ſecret peu touchée,
Au tribut qu'on leur doit je me ſois arrachée ;
Avec tout l'Univers j'en remarque les traits ;
J'en connois tout le prix, j'admire vos bienfaits,
Votre haute valeur, votre rare clemence.
Mais quand je ſonge au ſang dont vous prîtes naiſſance,

Je ne vois que le fils d'un lâche Usurpateur,
Du bourreau de ma race, & de son destructeur,
Que le fils de Gellon qui, de meurtres avide,
Au sang de Childeric, trempa sa main perfide.

CLOVIS.

Eh, Madame, perdez un fatal souvenir!
De ces tristes objets pourquoi s'entretenir?
Ne voyez à vos pieds qu'un Roi qui vous adore,
Qui partage avec vous l'ennui qui vous dévore,
Et qui, sans votre hymen, estimant peu son rang
D'un pere trop cruel pour votre auguste Sang,
Est prêt à réparer la fureur sanguinaire,
Et veut, par ses bontés, faire oublier son pere.

ALBIZINDE.

Et qui peut, des forfaits d'un pere si cruel,
Chasser de mon esprit le souvenir mortel?
Cette effrayante image, à ma triste pensée,
Hélas! fut trop souvent, & trop bien retracée.
J'étois trop jeune alors pour en être témoin;
Mais, de me la dépeindre on a pris tant de soin,
Que, de ses traits affreux sans relâche occupée,
Mon ame en est toujours également frappée.
Je crois être toujours dans ces temps de fureur,
Où, portant sur ses pas la révolte & l'horreur,
Gellon, accompagné de Romains téméraires,

Renverſa Childeric du Thrône de ſes Peres,
Le pourſuivit, le prit, le fit charger de fers,
Et, las de l'accabler de mille maux divers,
Où, pour mieux aſſurer ſon injuſte conquête,
A ſes yeux de ce Roi fit apporter la tête :
Sans ceſſe je crois voir mes freres malheureux
Egorgés & punis d'en être les neveux :
J'entends encor les pleurs de la Reine Bazine,
Mourante dans les fers, à la Tour de Vaſtine ;
J'entends encor les cris de ſon fils au berceau,
Que votre Clodoade a mis dans le tombeau.
Du Sang de Méroué ce déplorable reſte
Ne put être ſauvé de ſa rage funeſte.
Pendant près de vingt ans que ce Monſtre a regné,
Dans le Sang le plus pur il s'eſt toujours baigné ;
Vous prétendez en vain ſuivre d'autres maximes,
En épouſer le fils, c'eſt partager ſes crimes.

CLOVIS.

Ah ! ſans prendre le ſoin de me les rappeller,
Tant de malheurs, Madame, ont trop ſçû m'accabler.
Une pareille horreur de mon ame s'empare ;
Je rougis d'être né d'un pere ſi barbare.
Tyrans qui, pour regner, foulez les plus ſaints droits,
Voyez quel eſt le prix de vos triſtes exploits !

Jettez, jettez, cruels, les yeux ſur votre race!
Elle n'a point d'honneurs que ce crime n'efface;
Vos Enfans malheureux, comme vous redoutés,
En aimant la vertu, ſont encor déteſtés.
Vainement de l'exil, des priſons, je rappelle
Tous ceux que proſcrivit une main trop cruelle;
Vainement je me livre aux plus généreux ſoins,
Si, malgré mes bienfaits, on ne me hait pas moins.
Vous le voyez, Madame, en vain le Diadéme,
A mes jeunes deſirs, promet le bien ſuprême:
Au milieu de ma gloire, & ſur le Trône aſſis,
Une invincible horreur aſſiége mes eſprits;
Je veux la diſſiper, mais j'ai beau m'en défendre,
Je ne ſonge qu'au ſang qu'il a fallu répandre,
Pour faire, dans mes mains, paſſer un Sceptre affreux,
J'entends toujours la voix d'un Prince malheureux:
Et le jour, & la nuit, à mon ame tremblante,
S'offre, de ce grand Roi l'ombre pâle & ſanglante,
Qui, d'un pere à mes yeux, comptant les attentats,
Semble redemander la vie & ſes Etats.
Ah! ſi vous deſtiniez mon front au Diadême,
Dieux! ne me pouviez-vous placer au rang ſuprême,
Par un bienfait plus digne & de vous, & de moi?
Ne pouvois-je être iſſu d'un legitime Roi?
Vous ſeule, à ce haut rang pouvez rendre ſes charmes,
Témoin de mes regrets, diſſipez mes allarmes.

Niéce de Childeric, ce Trône est votre bien :
Venez, en unissant votre destin au mien,
Et rétablir ma gloire, & me sauver du crime,
Et, d'un Usurpateur faire un Roi légitime ;
Possedant tout alors de votre seule main,
Je n'ai plus à rougir pour un pere inhumain.

ALBIZINDE.

J'admire les transports que tu me fais paraître,
Si la seule vertu dans ton cœur les fait naître.
Veux-tu m'en assurer? Remets-moi donc mon bien ;
Descends, descends du Trône & n'en exige rien :
Viens, aux Français charmés, montrer leur Souveraine ;
Et tombe le premier aux genoux de ta Reine :
Laisse-moi libre enfin de me choisir un Roi :
Peut-être tes vertus me parleront pour toi.
Voilà par quel haut fait, par quel effort insigne,
De ma main, de mon cœur, tu dois te rendre digne !
Tu ne peux, qu'à ce prix, m'appaiser desormais ;
Fais ton devoir, Clovis, ou ne me vois jamais.

SCENE II.

CLOVIS, SUITE DE CLOVIS, GARDES.

CLOVIS.

QU'entends-je ! quel dessein ? Qu'ose t-elle prétendre ?
T'unir à mon destin, n'est-ce pas te le rendre,
Cruelle, cet Empire où tendent tes desirs ?
Mais quoi, pour me tromper & cacher ses soupirs,
N'est-ce pas là plûtôt un détour de l'ingrate ?
Peut-être qu'en secret son cœur déja se flatte....

SCENE III.

CLOVIS, CLODOADE, SUITE, GARDES.

CLOVIS *poursuivant.*

CHer Clodoade, viens, viens consoler ton Roi ;
Une orgueilleuse encor lui refuse sa foi :
Sans me donner la main, elle exige le Trône,
Et veut que je lui cede en ce jour la Couronne.
Dans les divers transports dont je suis combattu,
Je veux bien l'avouer, l'amour & la vertu

Me porteroient peut-être à combler ſon attente ;
Mais une idée affreuſe auſſi-tôt m'épouvante.
Peut-être elle ne feint de rebuter mes vœux,
Que pour mieux m'éblouïr, & cacher d'autres feu
Te le dirai-je encor? Une aveugle colére
Me fait craindre ſur-tout un rival dans mon frere ;
Je crains que Sigibert ne l'emporte aujourd'hui.
Je ne ſçais quel ſujet m'irrite contre lui ;
Mais, ami, dès l'enfance, une invincible haine
M'a toujours fait ſouffrir ſa préſence avec peine.
Juſtes Dieux ! à deux cœurs formés du même ſang,
Tous deux, le même jour, ſortis du même flanc,
Deviez-vous inſpirer des ſentimens contraires,
Et preſque en les formant rendre ennemis deux freres?
Car enfin, je le vois, il me hait à ſon tour.

CLODOADE.

Eh ! qu'importe à Clovis ſa haine, ou ſon amour ?
Si ſon aſpect vous bleſſe, il eſt le ſeul à plaindre ;
Vous êtes Roi, Seigneur, & n'avez rien à craindr
Le Français, avec joye, embraſſe vos genoux,
Et fléchit ſous vos loix plus par amour pour vous
Que par obéiſſance à votre droit d'aîneſſe.
Si vos feux rebutés d'une fiére Princeſſe,
N'ont pû, de ces mépris, vous rendre encor vainqueur,
Honorez d'autres yeux du don de votre cœur.
Entre Alaric & vous, cette guerre obſtinée
Pourroit ſe terminer par un digne hymenée,

En épouſant ſa ſœur, aiſément à vos lois,
Vous pourriez achever d'aſſervir les Gaulois
Et ces Peuples fameux dont jadis les Ancêtres
Dans les neveux d'Hector, reconnoiſſoient leurs maîtres.

CLOVIS.

Si des traits de l'amour j'avois pû m'échaper,
De ces vaſtes projets je pourrois m'occuper:
Et lorſqu'il ſera tems d'entrer dans ces Contrées,
Où la gloire a, pour nous, des palmes préparées,
Malgré les vains efforts des Gots & des Romains,
Les Français ſuffiront à mes juſtes deſſeins.
Mais tant d'ambition n'eſt pas ce qui m'inſpire.
Cette ſoif de regner, d'étendre ſon empire
Fait-elle donc toujours la grandeur des Héros?
Suivre en tout la juſtice, affermir le repos
Des Peuples aſſervis à mon obéiſſance,
Ces objets, ſur mon ame, ont bien plus de puiſſance:
A la Princeſſe enfin ne dois-je pas le rang
Que mon Pere ravit aux Héros de ſon ſang?
Ne nous rebutons point, tâchons qu'elle ſe rende;
Qu'elle accorde à mes feux le prix que je demande.
Ah! qu'un cœur vertueux eſt ſatisfait de voir
Que ce qu'attend ſa flâme eſt ſon premier devoir!

SCENE IV.

CLODOADE *seul.*

COntre un Prince si grand à regret je conspire :
Mais l'amour de mes Rois est tout ce qui m'inspire.
Ah ! le sang des Tyrans est toujours odieux ;
Et le coup qui le verse est toujours glorieux !
Mais Lisois tarde bien ; à ses Princes fidele,
Des plus zélés Sujets, c'est le digne modele ;
C'est à lui que je veux confier mes projets ;
Son ardeur, son secours m'assurent du succès.
Qu'il doit être surpris d'un secret qu'il ignore !
Que ses empressemens vont redoubler encore !
Quelqu'un vient, c'est lui-même.

SCENE V.

CLODOADE, LISOIS.

LISOIS.

EH, que veux-tu de moi,
Protecteur des Tyrans, ennemi de ton Roi?

Ne m'a-t-on rappellé du fond de la Rhétie,
Que pour trancher enfin les restes de ma vie?
Non, ne le pense pas, mon cœur n'a point changé;
Des forfaits d'un Tyran toujours plus affligé,
Je n'abhorre pas moins sa fureur parricide,
Et pleure encor le sang versé par le perfide.

CLODOADE.

Va, ne te contrains point, & ne redoute rien:
Les transports de ton cœur ont passé dans le mien.

LISOIS.

Qui fut, à ses sermens, à ses Rois, infidéle,
D'un Sujet vertueux peut-il chérir le zéle?

CLODOADE.

Ne me reproche plus de les avoir trahis.

LISOIS.

Cruel, de Childeric tu fis périr le fils,
Et tu veux qu'oubliant un forfait que j'abhorre....

CLODOADE.

Si je l'avois sauvé, s'il respiroit encore,
Ce fils, que dirois-tu?

LISOIS.

Que tu fis ton devoir.
Mais sur quoi me flatter d'un si charmant espoir?
Le devoir, sur ton cœur, n'eut jamais de puissance.

CLODOADE.

Daigne en croire un peu moins une vaine apparence.
Je l'ai sauvé, te dis-je: & ne me juge au moins
Qu'après être informé du succès de mes soins.

Evagès & Bazine éprouvant la vengeance,
Que sur eux, de Gellon porta la défiance,
Le Tyran me chargea du soin de ses deux fils,
Qu'à la foi d'Evagès lui-même avoit commis.
Mais peu de tems après, Gellon sçut qu'à sa haine,
Un fils de Childeric, arraché par la Reine,
Voyoit encor le jour, & nourrissoit l'espoir
Des Peuples attachés encore à leur devoir.
Je fus, par le Tyran, chargé de le poursuivre:
Je le cherche en effet, bientôt on me le livre:
Mais, en obéissant, mon cœur s'armoit pour lui;
Je le persécutois pour être son appui.
Et le Ciel, tout à coup à mes desseins propice;
Et m'inspire, & seconde un trop juste artifice.
Le second des enfans à ma garde commis,
Sigibert meurt: mon Prince à sa place est remis;
Et je porte à Gellon, flattant sa barbarie,
Son fils percé de coups, que sa noire furie
Croit le reste d'un sang qu'elle veut épuiser.
Il ne songea depuis qu'à me favoriser:
Délivré par moi seul d'une crainte importune,
Aussi haut qu'il pouvoit, il poussa ma fortune.
Ce sont-là de tes jeux, Idole des Humains!
Flatter de fiers Tyrans dans leurs plus noirs desseins,
C'est se les asservir; dès-lors ils vous chérissent;
Leurs trésors sont ouverts à ceux qui les trahissent;

Et tout l'art en effet d'assurer leur repos,
N'est que l'art de sçavoir les trahir à propos.

LISOIS.

Ainsi, de Childeric Sigibert prit naissance :
Mais, pour ce Prince, encor quelle est votre espérance ?
Quand le Tyran mourut, pourquoi laisser regner
Clovis, que de l'Empire il falloit éloigner ?

CLODOADE.

Que pouvois-je, moi seul ? sa haute renommée
Avoit déja séduit & le Peuple & l'Armée.
Hélas ! de Childeric les amis consternés,
Dispersés dans l'exil, aux fers abandonnés,
Pouvoient-ils seconder ma juste impatience ?
Il falloit de Clovis gagner la confiance :
Mes soins ont réussi ; je lui fais rappeller
Tous ceux que le Tyran avoit fait exiler.
Clovis est généreux ; & son cœur magnanime,
Qui sçait peu comme on garde un sceptre illégitime,
Nous offre les moyens de mieux nous réunir ;
Même, de ses bienfaits, nous devons le punir.
Comme de tous les cœurs elle force l'estime,
Dans un Usurpateur la vertu devient crime.

LISOIS.

Je vois avec transport, tes soins, & ton ardeur ;
Et d'un nouveau courage ils remplissent mon cœur.
Cependant, je l'avoue, une crainte secrette
Rend mon ame incertaine, & ma joye imparfaite.

Croirai-je ſur ta foi qu'affranchi du trépas....

CLODOADE.

Non, & de tes ſoupçons je ne m'offenſe pas.
C'eſt en les détruiſant qu'il faut que je m'en vange;
Sinnorix fut témoin de cet heureux échange.

LISOIS.

Sinnorix?

CLODOADE.

Oui, lui-même : il étoit, après toi,
Le plus zélé de tous pour le ſang de ſon Roi.
Mais j'aurois confié le ſecret à toi-même,
Si, du cruel Gellon la défiance extrême,
Loin de Tournai déja ne t'avoit exilé.

LISOIS.

Sinnorix ne vit plus, par Gellon immolé...

CLODOADE.

Les lettres que j'en ai ſeront les témoignages....

LISOIS.

De votre foi, Seigneur, aſſuré par ces gages,
Je verrai qu'un vrai zéle a pû ſeul vous guider,
Et l'honneur où j'aſpire eſt de vous ſeconder.

CLODOADE.

Vous devez vous convaincre avant que d'entreprendre:
Dans mon appartement, Seigneur, daignez vous rendre,
Et vous irez après conſulter vos amis,
Et ſonder quel eſpoir nous peut être permis.
Mais Sigibert paroît!

LISOIS.

Qu'il connoiſſe mon zéle!

SCENE VI.

SIGIBERT, CLODOADE, LISOIS.

CLODOADE *présentant Lisois à Sigibert.*

SEigneur, voici Lisois, ce serviteur fidele,
Qui, toujours pour ses Rois brula d'un digne amour.
Tous ses vœux sont pour vous. J'attendois son retour,
Pour vous faire sçavoir quel sang vous a fait naître ;
Et que de nos Etats vous êtes le vrai maître.

LISOIS.

Quelle joye est la mienne ! héritier de mon Roi,
O fils de Childeric, c'est donc vous que je voi !

SIGIBERT.

Qu'entends-je, juste Ciel ! Quel seroit ce mystére?
Moi, fils de Childeric?

CLODOADE.

Il ne faut plus se taire ;
Oui, vous êtes son fils ; par moi-même élevé ;
Des fureurs d'un cruel, c'est moi qui vous sauvai.

SIGIBERT.

Quoi, je serois ce Prince à qui, dit-on, la vie,
Au gré de ce Tyran, par tes coups fut ravie !

CLODOADE.

Au lieu de ſon fils mort, j'eus ſoin de vous placer.

SIGIBERT.

Quel bienfait! t'en pourrai-je aſſez récompenſer?
Mais c'eſt peu que ma vie ait été conſervée,
Si pour la dépendance elle étoit réſervée.
Un Prince courageux, né pour donner la loi,
Aime bien mieux mourir, que fléchir ſous un Roi.
La vengeance, l'amour, la gloire tout m'inſpire:
Reprenez vos bienfaits, ou rendez-moi l'Empire;
Prenez ma vie, amis, ou venez me venger:
Mes mains dans un ſang vil brûlent de ſe plonger.
Hâtons-nous, & rendons à l'héritier d'un traître
Les maux dont il combla le ſang qui me fit naître!

LISOIS.

Oui, ſelon vos deſirs, Seigneur, vous regnerez.
De votre heureux deſtin,. les Français aſſurés,
Vous jureront bientôt la foi que leurs Ancêtres
Promirent au Héros le premier de leurs Maîtres.
Votre perſecuteur fut toujours abhorré;
Et le ſang de Francus eſt toujours adoré.
Dans la Niéce du Roi, c'eſt ce grand nom qu'on aime;
L'on brûle de la voir ceinte du Diadême.

SIGIBERT.

Avant qu'à ſon deſtin Clovis puiſſe être uni,
Des forfaits de ſon pere il doit être puni.

Il

Il faut la garantir de ce triſte Hyménée :
Sa main pour d'autres nœuds doit être deſtinée.
Il lui faut découvrir le ſecret de mon ſort ;
Vous viendrez, à ſes yeux confirmer mon rapport :
Je veux de votre foi cette premiere marque.

CLODOADE *à Sigibert.*

Nous ſommes prêts à tout pour notre vrai Monarque.
à Liſois
Cependant viens, Liſois, ne perdons point de tems.

LISOIS *à Sigibert.*

Vous aurez de ma foi des effets éclatans.

SCENE VII.

SIGIBERT *ſeul.*

Quel plaiſir imprévû vient regner dans mon ame !
L'ambition, l'honneur, la vengeance, ma flâme
Tous mes vœux à la fois vont être enfin remplis ;
Sans crainte de remords, je puis frapper Clovis !
Je ne m'étonne plus qu'une implacable haine
Contre mon ennemi m'eut fait armer ſans peine.
Ah ! ſon ſang & le mien ſont faits pour ſe haïr,
Et celui dont je ſors ne pouvoit ſe trahir.
Si pour me faire Roi je craignois peu le crime,
C'eſt ce ſang qui bouilloit d'une ardeur légitime.

Mais cherchons Valamir; qu'il raſſemble au plûtôt
Ceux qui lui promettoient d'entrer dans mon complôt ;
Armons-les : que Clovis ne ſçache ma naiſſance
Qu'en ſuccombant aux traits d'une prompte vengeance !

Fin du premier Acte.

ACTE II.

SCENE PREMIERE.

SIGIBERT, LISOIS.

LISOIS.

Ui, convaincu, Seigneur, que vous êtes mon Roi,
Je viens pour vous donner la preuve de ma foi :
Et mon premier devoir m'oblige à vous remettre
Un dépôt qu'à ma foi l'on a daigné commettre.
Des Enfans de Gellon, Evagès Gouverneur,
Avant que Clodoade eût reçu cet honneur,
Au moment de sa mort me chargea de le rendre
À Childeric.

SIGIBERT.

Mon Pere ? ah ! que viens-je d'entendre ?

N'avoit-il pas alors vû trancher ſon deſtin ?

LISOIS.

Evagès m'aſſura qu'on le croïoit envain ;
Qu'en Turinge caché, le Roi vivoit encore ;
Et, le viſage en pleurs, pour mon Maître il m'implore.
Vain eſpoir ! Tous mes ſoins n'ont pû le retrouver.
Si des mains de Gellon il a pû ſe ſauver,
Sans doute ſes malheurs ont terminé ſa vie.
Mais, parmi tant de maux, que mon ame eſt ravie
De pouvoir aujourd'hui remettre aux mains du fils
Ce que de rendre au pere il ne m'eſt plus permis !
Heureux, ſi par mon zéle, un ſecret que j'ignore
Eſt utile, Seigneur, à ce ſang que j'adore.

(Il remet un paquet de Lettres cacheté à Sigibert)

SIGIBERT *liſant haut le deſſus de l'enveloppe.*

Au Roi Childeric.

Sigibert ouvre le paquet, lit bas, & s'écrie à part.

- - - - - Dieux ! Que vois-je ?

à Liſois

Il étoit tems
Que je fuſſe informé de ces faits importans.
Tu n'aurois jamais pû me prouver mieux ton zéle.
Je ne l'oublierai point ; acheve, ami fidele,
Des Héros mes Ayeux fais-moi remplir le rang.

LISOIS *en s'en allant.*

Je vais, pour vous le rendre, expoſer tout mon ſang.

SCENE II.

SIGIBERT *seul.*

QUel caprice du sort ! & que viens-je d'apprendre !
O Dieux ! à ce revers, aurois-je dû m'attendre !
» Je n'en puis revenir : & toujours plus surpris. . . *
» Voyons, & relisons ces funestes écrits

Il lit la premiere Lettre.

EVAGE'S à son Roi.

» *Je meurs sans avoir pû vous rendre à votre Empire,*
» *Seigneur ; mais votre fils respire ;*
» *Et paroît réservé pour un plus heureux sort.*
» *Ce billet de la Reine éclaircit mon rapport.*

Il lit la seconde Lettre.

La Reine Bazine à Evagés.

» *Je ne me plaindrai plus des fureurs d'un Barbare,*
» *Ton zéle, Evagès, les répare*
» *Puisqu'il vient de placer au lieu du fils ainé*
» *D'un usurpateur détestable*
» *Le fils de Childeric, de ton Roi véritable ;*
» *Et qu'ainsi, pour regner, mon fils est destiné ;*
» *Car le Tyran envain oseroit le poursuivre,*
» *Sous le nom de Clovis, mon fils est sur de vivre ;*

* Tout ce qui est marqué ici avec des guillemets, n'a pas été dit sur le Théatre, pour des raisons qui pouroient étre bonnes pour la représentation, mais qui disparoissent pour les Lecteurs.

» *Par cet échange heureux, voulant frapper le mien,*
» *L'implacable Gellon immoleroit le sien.*
» *Puisse à mes vœux, le Ciel propice*
» *Te payer dignement d'un si rare service!*
Je n'en sçaurois douter : Je fus changé deux fois
Par mes deux Gouverneurs trop zélés pour leurs Rois,
Et parjures tous deux envers leur nouveau Maître.
Ainsi, pour être Roi le Ciel m'avoit fait naître
Le premier des enfans qu'il donnoit à Gellon;
Mais Evagès donna ma place avec mon nom
Au fils de Childeric par un premier échange;
Et crû fils de ce Roi par ce triste mélange,
A la mort, sous ce titre, on alloit me livrer,
Lorsque, de Sigibert qui venoit d'expirer,
Par un second échange, on me remet la place.
J'admire ce qu'ont pû l'imposture & l'audace!
Le fils de Childeric n'est autre que Clovis,
Et je suis de Gellon le véritable fils.
Ces Ecrits clairement dévoilent ce mystére.
Toutefois le destin ne m'est pas si contraire,
Puisqu'un si grand secret de moi seul est connu.
Clodoade & Lisois pour Roi m'ont reconnu:
Profitons en ce jour de cette erreur extrême,
Pour couronner mon front, pour fléchir ce que j'aime,
Et pour répandre enfin un sang trop bien servi,
Par mon Pere sans fruit si long-tems poursuivi.
Chere ombre de Gellon, à ma juste furie,
Doutes-tu que de toi je ne tienne la vie!

Le sort faisant tomber ces écrits en mes mains,
De tes ingrats sujets répare les desseins :
Je suis sûr désormais .... j'apperçois la Princesse ;
Feignons, & commençons par servir ma tendresse.

SCENE III.

ALBIZINDE, SIGIBERT.

ALBIZINDE *à part.*

Sigibert en ces lieux! tâchons de l'éviter.

SIGIBERT. (*Elle veut s'en aller Sigibert l'arrête.*)

Ne fuïez point, Madame, & daignez m'écouter.
Je ne fus point instruit dans l'art de me contraindre ;
Je ne le céle pas, mon cœur ne sçait point feindre.
Je vous aime, Madame, & viens avec transport,
De ma flâme, à vos pieds vous demander le sort.
Ni les feux dont pour vous Clovis ressent l'atteinte;
Ni l'horreur à ces mots sur votre front empreinte ;
Ni votre hymen prochain, ni mes soins rébutés
Ne peuvent mettre un frein à mes feux irrités.
Toujours avec l'amour l'espoir naît dans une ame :
Et c'est ce doux espoir dont se nourrit ma flâme,
Qui me flatte en secret que renduë à mes vœux,
De ce fatal hymen vous allez fuir les nœuds.

ALBIZINDE.

Ouï, je romps cet hymen ; mais crois-tu, téméraire,
Que par un tel refus mon cœur ſonge à te plaire ?
D'où te vient tant d'audace? éh quoi ! dans ce moment,
Où me livrant entiére à mon reſſentiment,
D'un Roi, par ſes exploits digne du diadême,
Je dédaigne la main & la grandeur ſuprême,
Où je fuis dans Clovis l'héritier de Gellon,
Du cruel deſtructeur de toute ma maiſon !
De quel front oſes-tu parler à ta Princeſſe,
L'aimer, l'entretenir d'une vaine tendreſſe,
Et pouſſer ton orgueil juſques à lui montrer
La frivole eſpérance où tu peux te livrer ?
Toi, qui ne peux m'offrir le Sceptre, ni l'Empire,
Qui, privé des vertus qu'en ton frere on admire,
N'a pour toi, pour tout bien, pour tout merite enfin
Que l'honneur d'être né du plus lâche aſſaſſin.

SIGIBERT.

Vous croïez m'outrager ; mais ce courroux me flatte ;
Oui, contre les Tyrans plus votre haine éclate,
Plus vous charmez mon ame, & plus vous nourriſſez
Et l'amour, & l'eſpoir dont vous vous offenſez.
N'achevez point, Madame, un coupable hymenée ;
Pour de plus dignes nœuds, vous êtes deſtinée :
Déteſtez à jamais la race de Gellon ;
Montrez-vous digne ainſi du ſang de Pharamon ;

Songez qu'à le venger la gloire vous oblige ;
N'oubliez rien enfin de tout ce qu'elle exige :
C'est-là tout ce qu'ici je demande de vous ;
C'est ce qui peut combler mes desirs les plus doux.
Ce discours vous surprend ! vous ne sçauriez l'entendre !
Mais je puis d'un seul mot, vous le faire comprendre;
Et peut-être qu'alors....

ALBIZINDE.

Cesse de t'abuser.
Eh ! que me dirois-tu qui me pût appaiser ?

SIGIBERT.

Un secret qui bientôt, dans votre ame adoucie,
Doit changer en amour cette haine endurcie.
Je ne balance point à vous le confier :
Votre vertu suffit pour me justifier.
Mais songez que l'Etat, votre propre vengeance,
Que le sang vous impose un rigoureux silence :
C'est votre gloire enfin, votre intérêt, le mien ;
Un seul mot peut tout perdre.

ALBIZINDE.

Acheve & ne crains rien.

SIGIBERT.

La race de vos Rois n'est pas encor détruite :
Un fils de Childeric évita la poursuite
De la barbare main ardente à l'égorger ;
Et ce fils en ce jour est prêt à vous venger.

ALBIZINDE.

Ah ! que m'apprenez-vous ? chére, mais vaine idée :
La rage de Gellon fut trop bien ſecondée.

SIGIBERT.

Par Clodoade....

ALBIZINDE.

O Dieux !

SIGIBERT.

Le Tyran fut trompé ;
C'eſt par lui qu'au trépas, ce fils eſt échappé.

ALBIZINDE.

Eſt-il bien vrai, Grands Dieux ?.... où reſpire ce
Prince ?
Où dois-je le chercher? quel Ciel, quelle Province...

SIGIBERT.

Il n'eſt pas loin.

ALBIZINDE.

Comment...

SIGIBERT.

Il eſt devant vos yeux,
Madame : & qu'en ce jour ſon ſort eſt glorieux....

ALBIZINDE.

Vous ! fils de Childeric ! non, il n'eſt pas poſſible,
Si vous étiez ſon fils, mon ame plus ſenſible,
Déja plus d'une fois me l'eût fait preſſentir,
Et mon cœur n'oſeroit ici vous démentir.

Ah ! c'eſt pour inſulter à ma douleur mortelle
Que vous m'entretenez d'un récit infidelle ;
Clodoade à Gellon fut trop bien attaché,
Le fils de Childeric ne peut l'avoir touché :
L'ingrat . . . . . .

SIGIBERT.

Liſois, Madame, & Clodoade même
Viendront vous informer de l'heureux ſtratagême,
Où, pour me conſerver ce dernier eut recours :
Ils vous atteſteront la foi de mes diſcours.
Puis-je au moins eſperer qu'après leur témoignage,
Sans couroux, de mes feux vous recevrez l'hommage?

ALBIZINDE.

J'aurai les ſentimens qui ſont dûs à mon Roi ;
N'en doutez point, Seigneur ; tout vous répond pour moi.

SIGIBERT.

Ah ! ce n'eſt pas aſſez ; & l'amour le plus tendre,
A de plus doux tranſports peut encore prétendre.
Au nom de ces Héros dont nous ſommes ſortis,
Daignez . . . . .

Il ſe met aux genoux d'Albizinde.

ALBIZINDE.

Que faites-vous ? Ciel ! j'apperçois Clovis.

SCENE IV.

CLOVIS, ALBIZINDE, SIGIBERT.

CLOVIS *à Albizinde.*

JE ne m'attendois pas que dans cette journée
Où s'allument pour nous les flambeaux d'hyménée,
Où vous allez monter au rang de vos Ayeux,
Il fût quelque mortel aſſez audacieux......

à Sigibert.

Si je n'écoutois rien que ma flâme offenſée,
Et du ſuprême rang la Majeſté bleſſée,
Je pourrois égaler le ſupplice au forfait,
Prince, & de mon courroux vous ſentiriez l'effet.
Je veux bien cependant vous traiter comme un frere,
Et ſuſpendre les traits d'une juſte colere;
Mais fuyez Albizinde; oubliez ſes attraits,
Et gardez à ſes yeux de vous montrer jamais.
Sortez.

SIGIBERT *à part en s'en allant.*

Diſſimulons; mais, de tant d'arrogance
Je tirerai bientôt une pleine vengeance.

SCENE V.

CLOVIS, ALBIZINDE,

CLOVIS.

SIgibert seul, Madame, a donc pû vous charmer,
Et rien en ma faveur n'a pû vous désarmer!
C'étoit, pour partager avec lui la Courone,
Que vous me condamniez à descendre du Trône.
Votre amour pour ce Prince, Hélas! trop fortuné,
Vous a fait oublier de quel pere il est né;
Par lui, Gellon enfin vient d'obtenir sa grace;
C'est moi que l'on punit de son injuste audace:
Son crime par moi seul doit donc être expié!

ALBIZINDE.

Je n'aime point ton frere, & n'ai point oublié
De quel sang Sigibert a reçû la naissance:
Mais pour faire cesser un doute qui m'offense,
Ne t'imagine pas que de tes vains soupçons
J'aille combattre ici les frivoles raisons.
Tu pourrois te flatter qu'Albizinde tremblante
Redouteroit l'effet de ta haine éclatante.
Des secrets de mon cœur, Clovis, juge à ton gré;
A la haine, à l'amour, pense qu'il s'est livré;
Que tes soupçons soient vrais, que ton esprit s'égare,
Le devoir qui de toi pour toujours me sépare,

D'un œil indifferent me fait tout regarder,
Et ne me permet pas de te dissuader.

CLOVIS.

Mais ne craignez-vous pas que ma flâme outragée;
Sur un heureux rival ne soit enfin vengée ?
Peut-être vous pensez que le sang, la vertu,
Mes bontés retiendront mon esprit combattu ?
D'un transport de l'amour quel mortel peut répondre ?
Le cruel, dans un cœur sçait-il pas tout confondre ?
Lorsqu'il est irrité, desesperé, jaloux;
Il frappe sans songer sur qui tombent ses coups.
L'ame la plus tranquile & la plus généreuse,
Sous le joug de l'amour trop long-tems malheureuse;
Peut du plus noir forfait se cacher les horreurs,
Et passer tout d'un coup aux plus grandes fureurs.

ALBIZINDE.

D'une feinte bonté que ton cœur se dépoüille;
Va, ne le contrains plus, que d'opprobre il se soüille;
Rends-toi digne de ceux à qui tu dois tes jours;
De leurs noires fureurs viens prolonger le cours;
Pour ton nom rends ma haine encore plus legitime;
Enfin délivre-moi de ce reste d'estime,
Qui, même en t'accablant, me faisoit admirer
Des vertus que ton sang n'a pas dû t'inspirer.

Toi même cependant tremble dans ta colere !
Sais-tu ce que je puis & ce que peut ton frere ?
Si, jusques sur ses jours tu pouvois attenter,
Peut-être qu'à ma voix prompts à se révolter,
Tes plus zélés sujets puniroient ton audace.
L'on ne me gagne point en usant de menace :
Mon cœur indépendant, soumis au seul devoir,
Des Tyrans les plus fiers sait braver le pouvoir.

CLOVIS.

Enfin, de votre cœur je sais l'endroit sensible.
Cessez, à mes desirs, cessez d'être inflexible,
Ou redoutez des coups qui pourroient accabler
Cet objet pour qui seul vous avez pû trembler.

ALBIZINDE.

Je te l'ai déja dit, & j'ose encor le dire ;
Ce n'est point Sigibert pour qui mon cœur soupire :
Le plus cruel ennui qui m'afflige en ce jour,
C'est de savoir pour moi jusqu'où va son amour.
Si pourtant contre lui ta folle jalousie
Osoit faire éclater une injuste furie,
Si je voyois ses jours dans le moindre danger,
Tu me verrois alors plus prompte à le venger,
Plus prompte à l'arracher à ta fureur extrême,
Que je ne le serois pour mon vainqueur lui-même.

SCENE VI.

CLOVIS, GARDES.

CLOVIS.

DIeux ! que veut-elle dire ? Et quel eſt ce diſcours ?
Non non, pour m'aveugler inutiles détours !
La crainte, l'embarras, les tranſports qui la preſſent,
Ne m'ont que trop fait voir à qui ſes vœux s'addreſſent.

SCENE VII.

CLOVIS, CLODOADE, GARDES.

CLOVIS *pourſuivant.*

C'En eſt fait, Clodoade, il eſt temps d'éclater !
Sigibert eſt aimé, je n'en ſaurois douter.
Je viens de le ſurprendre aux pieds de la Princeſſe ;
Et loin de raſſurer ma jalouſe tendreſſe,
L'ingrate a mis ſes ſoins à me deſeſperer ;
Toujours plus orgueilleuſe..... Ah ! c'eſt trop endurer !
Quand je pouvois penſer qu'un devoir héroïque
Lui montroit mon hymen comme un joug tyrannique,
Ou

Ou que, de ſa naiſſance un reſte de fierté
Vouloit des miens ſur moi punir la cruauté,
A ſouffrir ſes dedains je ſavois me contraindre;
J'admirois ſon grand cœur & je n'oſois me plaindre:
Mais puiſqu'envers mon ſang elle a pû s'appaiſer,
Je dois punir celui qui me fait mépriſer.
Ma ſureté, l'amour demandent qu'il périſſe.

Aux Gardes.

Qu'on cherche Sigibert; Gardes, qu'on le ſaiſiſſe!

CLODOADE.

Ah! Seigneur, arrêtez! je ne vous connois plus:
Voulez-vous démentir tant de hautes vertus
Qui, des cœurs enchantés vous attirent l'hommage?
Et, pour premier eſſai d'une jalouſe rage,
C'eſt un frere, grands dieux! que vous voulez percer?
Ah! ſans frémir, Seigneur, pouvez-vous y penſer?
Si, toujours ſans reſpect Albizinde vous brave,
Ou briſez le lien qui vous rend ſon eſclave,
Ou, par votre pouvoir faites-vous obéir:
Mais oſer juſques-là vous-même vous trahir,
Qu'un frere ſoit l'objet......

CLOVIS

Clodoade, pardonne
Des tranſports où mon cœur malgré moi s'abandonne.
D'un feu deſeſperé c'eſt le premier éclat;
Après ce que j'ai fait pour un objet ingrat,

Puis-je voir qu'un rival .... mais enfin c'est mon
frere :
Et, quoique me conseille une aveugle colere,
Je dois plus écouter le devoir que l'amour.
Je connois mon erreur : ce n'est pas sans retour
Que dans les cœurs bien nés l'amour éteint la gloire ;
Bien-tôt un noble effort ramene la victoire.
Tu m'as ouvert les yeux, je m'abandonne à toi :
Tes conseils font déja la gloire de ton Roi ;
Il faut qu'il doive encor son repos à ton zéle :
Je te laisse le soin de fléchir la cruelle.
Va, cours : pour desarmer son injuste rigueur,
Peins-lui le desespoir qui déchire mon cœur.
J'ai honte de brûler d'une flâme si forte ;
Mais l'amour si souvent à tant d'excès nous porte,
Que je dois moins rougir de m'en voir abbatu,
Puisque je fais encor triompher la vertu.

SCENE VIII.

CLODOADE *seul.*

MAlheureux Sigibert, quel péril t'environne ?
Je dois t'en garantir en t'élevant au Trône.
Il est temps .....

SCENE IX.

CLODOADE, LISOIS.

CLODOADE, *pourſuivant.*

DE nos vœux, quel ſera le ſuccès ?
Pouvons-nous eſperer .....

LISOIS.

Tout rit à nos ſouhaits ;
Les Chefs de la Nobleſſe & les Chefs de l'Armée,
Marcomire, Eribert, Tranſimond, Arimée,
En faveur de leur Roi contre l'Uſurpateur,
Tous brûlent à l'envi d'une égale fureur.
Et, ſi vous m'en croyez, il faut que dans une heure,
Sigibert ſoit au Trône, il faut que Clovis meure.
Amenez la Princeſſe au Temple en cet inſtant ;
Qu'elle flatte Clovis d'un hymen qu'il attend :
Déja de cet hymen la pompe eſt préparée,
Et par ſes ſeuls refus la fête eſt differée :
En flattant de Clovis les deſirs les plus doux
Qu'elle vienne, Seigneur, le livrer à nos coups.
Il ne peut échaper s'il entre dans le Temple :
Mon bras en va donner le ſignal & l'exemple.

CLODOADE.

Achevons ce projet pour nous si glorieux,
Et qui vous est sans doute inspiré par les Dieux.
Allons tout disposer pour hâter l'entreprise;
La Princesse à nos vœux sera bien-tôt soumise:
Le sang parle en son ame; elle aime Sigibert,
Leur amour par Clovis vient d'être découvert;
Et peut-être sans moi de sa jalouse rage,
Sur le Prince déja seroit tombé l'orage.
Mais pour mieux détourner de si funestes coups,
Je vais chercher ce Prince & l'amener vers vous.
Dès que tout sera prêt au gré de notre zéle,
Nous verrons Albizinde, & nous rendrons chez elle.

SCENE X.

LISOIS, *seul.*

DIeux! conduisez nos coups; ne nous enviez
La gloire de punir les plus grands attentats;
Et laissez-nous joüir de la douceur suprême
D'avoir à notre Roi rendu le Diadême!

Fin du second Acte.

ACTE III.

SCENE PREMIERE.

ALBIZINDE, ELLENIRE.

ALBIZINDE.

Mplacable devoir, Manes de mes Ayeux,
Juſte reſſentiment contre un ſang odieux,
Etes-vous ſatisfaits des efforts de mon ame?
D'un amant vertueux, je rejette la flâme;
Je refuſe ſon Trône, & ſa main, & ſon cœur,
Tandis que, ſur le mien, lui ſeul regne en vainqueur.
Ah! ma chere Ellenire, après cette victoire
Que, ſur ma paſſion, a remporté la gloire,
Je puis enfin, ſans honte, avouer un amour
Que j'avois à tes yeux caché juſqu'à ce jour.

Oui, j'adore Clovis; nos penchans, dès l'enfance,
Malgré tous mes efforts, étoient d'intelligence.

ELLENIRE.

Eh, qui mieux que Clovis jamais a mérité
D'être, de tous les cœurs, adoré, respecté?
Des forfaits de son pere, il ne fut point coupable.

ALBIZINDE.

Ah! je sens que Clovis n'est que trop estimable!
Que mon cœur cependant se trouveroit heureux,
S'il ne devoit, helas! que surmonter ses feux!
Mais il doit immoler encor jusqu'à sa haine.

ELLENIRE.

Madame, eh! quel devoir, jusques-là vous enchaîne?

ALBIZINDE.

O destin!

ELLENIRE.

Avez-vous quelques secrets pour moi?
Ou pour me les cacher soupçonnez-vous ma foi?
Ne puis-je vous servir?

ALBIZINDE.

Tu ne peux que me plaindre.
O vous qui m'accablez, c'est assez me contraindre,
Intérêt de mon Sang, trop cruelle vertu,
Laissez du moins la plainte à mon cœur abattu!
O Dieux! à quels tourmens m'avez-vous condamnée!
Ou plûtôt, quel Démon régla ma destinée?
Mais que fais-je? La plainte est un foible secours;
Toujours d'une ame lâche, elle fut le recours;

Peignant trop vivement le malheur qui nous blesse,
Elle entretient nos maux, accroît notre foiblesse;
Elle abat le courage, elle amollit le cœur;
Et c'est par-là sur-tout que l'amour est vainqueur.
Cédons sans murmurer, une force invincible.
A la haine, à l'amour, en vain me rend sensible,
Je soumettrai si bien leurs feux à mon devoir
Que sur moi dans ce jour ils seront sans pouvoir;
Qu'aux plus austeres loix m'asservissant moi-même,
On ne connoîtra pas si je hais, ou si j'aime.

SCENE II.

ALBIZINDE, ELLENIRE, AGIONE.

AGIONE.

Madame, un inconnu demande à vous parler,
C'est un secret, dit-il, qu'il vient vous révéler,
Qui pour vous, de son zele, est une sûre preuve.

ALBIZINDE *à Agione.*

Qu'on le fasse approcher.

SCENE III.

ALBIZINDE, ELLENIRE.

ALBIZINDE *pourſuivant.*

QUelle nouvelle épreuve!...
Eſt-ce quelque malheur qu'on me vient annoncer?
Mais il vient.....

à Ellenire.

Laiſſe-nous.

SCENE VI.

ALBIZINDE, CHILDERIC *inconnu*, AGIONE.

AGIONE *au fond du Théatre à Childeric.*

VOus pouvez avancer.

SCENE V.

ALBIZINDE, CHILDERIC.

CHILDERIC *inconnu à part.*

Ciel ! ne m'abuſe point; que ton courroux expire !

ALBIZINDE.

Approchez, quels ſecrets avez-vous à me dire !

CHILDERIC *inconnu.*

Digne reſte du Sang qu'adorent les Français,
Enfin le juſte Ciel touché de mes regrets,
Avant que de mourir, permet que je vous voïe;
D'embraſſer vos genoux, il m'accorde la joïe.

ALBIZINDE.

De quelle trouble ſoudain, mon cœur eſt agité !

CHILDERIC *inconnu.*

Madame, pardonnez à ma fidélité,
D'amour & de reſpect, cette legere marque,
Attaché dès long-tems à votre vrai Monarque....

ALBIZINDE.

A Childeric?

CHILDERIC *inconnu.*

A lui.... je vous entends gémir !

ALBIZINDE.

Hélas ! de ſes malheurs, vous me voyez frémir !

Leur souvenir fatal m'arrache encor des larmes.

CHILDERIC *inconnu.*

Qu'une amitié si tendre aura pour lui de charmes !
Je n'espérois pas moins : trop sûr de votre foi,
Je viens vous implorer. . . .

ALBIZINDE.

Pour qui ?

CHILDERIC *inconnu.*

Pour votre Roi,
Qu'assez & trop long-tems, le destin persécute.
En ces lieux près de vous, Childeric me députe.

ALBIZINDE.

Childeric ! quelle erreur !

CHILDERIC *inconnu.*

Madame, il n'est point mort:
Croïez-en mes sermens ; croïez-en mon rapport.
Votre seul intérêt est tout ce qui le touche ;
Et c'est lui qui vous parle aujourd'hui par ma bouche.

ALBIZINDE.

Quoi! Gellon, dans son sang, n'a pas trempé ses mains?

CHILDERIC *inconnu.*

Un fidéle sujet trompa ses noirs desseins.

ALBIZINDE.

A Gellon, de ce Prince, on a porté la tête.

CHILDERIC *inconnu.*

Le Chef qui le gardoit écarta la tempête,

Par fuite, en ſecret, l'empêcha de périr,
Et, d'un de ſes ſoldats qui venoit de mourir,
Il préſenta la tête & flatta la vengeance
De Gellon, dont ce coup affermit la puiſſance.
Cependant Childeric en Turinge ignoré,
A de nouveaux ennuis ſans relâche livré,
Fugitif, conſterné, traîne encore une vie,
De crainte, de périls, de malheurs pourſuivie.
Le fidéle Evagès fut inſtruit de ſon ſort,
Mais quand de cet ami, le Prince apprit la mort,
Pour rendre ſa retraite encor plus aſſurée,
Il a ſouvent erré de Contrée en Contrée,
Déguiſant avec ſoin ſes malheurs & ſon nom,
Des perfides amis, craignant la trahiſon,
Tant que Gellon vécut & pendant votre enfance,
Il n'oſa dans ces lieux hazarder ſa préſence.
Il eſpéroit toujours qu'un heureux changement
De remonter au Trône, offriroit le moment:
De vous ſeule, Madame, il peut ſe le promettre,
Et lui-même, en vos mains eſt prêt à ſe remettre.

ALBIZINDE.

Qu'il vienne ſans tarder! pour lui rendre ſon rang,
Je ſaurai, s'il le faut, répandre tout mon ſang.
Clodoade & Liſois ici doivent ſe rendre;
Un important ſecret que l'on vient de m'apprendre
M'eſt garant que, par eux, de ſi juſtes projets
Pourront avoir bientôt un glorieux ſuccès.

CHILDERIC *inconnu*.

Vous voulez-vous fier au traître Clodoade ?

ALBIZINDE.

Ce que j'apprends de lui déja me persuade
Que jamais, pour ses Rois, il ne s'est démenti,
Et que si, d'un perfide, il a pris le parti,
Ce fut pour mieux servir une Maison auguste,
Et qu'il fut en secret, toujours fidéle & juste.
On vient... éloignez-vous ; d'abord qu'il sera tems
De leur faire savoir ces desseins importans.
Je vous avertirai.

(*Childeric se retire dans une coulisse.*)

SCENE VI.

ALBIZINDE, CLODOADE, LISOIS.

ALBIZINDE *poursuivant*.

QU'avec impatience,
De vous deux, en ces lieux, j'attendois la présence.
D'un bonheur imprévû, l'on vient de me flatter,
Et Sigibert lui-même est venu m'attester
Que, du Roi malheureux, il tenoit la lumiere,
Que, trompant, de Gellon, la fureur meurtriere,
Clodoade sauva ses jours de ce danger,
Et qu'enfin en ce jour, il alloit nous venger.

N'ose-t-on point, Lisois, imposer à ma haine ?
Parlez.

LISOIS.

N'en doutez point : la preuve en est certaine;
Plus que moi fortuné, ce généreux ami
N'a pas servi ces Rois, ni leur sang à demi,
Madame : à Sigibert, par une heureuse audace,
D'un fils mort de Gellon, il fit remplir la place.

ALBIZINDE *à Clodoade.*

Eh pourquoi, si long-tems, me le dissimuler?
Hélas ! que craigniez-vous, en m'osant révéler
Un secret qui vous eût donné ma confiance
Et, de mes noirs ennuis, calmé la violence?
Sensible à vos bienfaits, au lieu de vous haïr....

CLODOADE.

Je craignois des transports qui pouvoient nous trahir,
Madame : je n'ai dû me fier à personne
Qu'au moment d'élever mon Prince sur le Trône;
Et Sigibert lui-même ignoroit ses destins.
Honteux de vos mépris, touché de vos chagrins,
J'ai voulu mille fois vous rendre l'espérance;
Mais vos vrais intérêts m'ont imposé silence.

ALBIZINDE.

Dieux!.... après tant de soins pour ce malheureux fils;
Le plus flatteur espoir me doit être permis.

O cœurs vraiment Français, & de ce nom trop dignes;
J'exige ici de vous des bienfaits plus insignes!
Ce Roi pour qui nos pleurs, tant de fois ont coulé;
Childeric n'est point mort; en Turinge exilé....

LISOIS.

Qu'entends-je?

CLODOADE.

Childeric! comment! par quel prodige?...
L'on cherche à vous surprendre.

ALBIZINDE.

Il est vivant, vous dis-je.
Un Etranger ici, de sa part arrivé
Pourra vous informer comment il s'est sauvé.

SCENE VII.

CHIDDERIC, ALBIZINDE, CLODOADE, LISOIS.

ALBIZINDE *poursuivant.*

VEnez, de Childeric, venez, Ami sincere;
Instruisez-nous du sort d'une Tête si chere!
Ne craignez rien; parlez; ces fidéles Sujets,
Au péril de leur vie, appuyront ses projets.

LISOIS.

Que vois-je ! Dieux ! quels traits !

CLODOADE.

Puis-je le méconnoître ?

LISOIS *se jettant aux genoux du Roi.*

Non, je n'en doute point. Ah, Seigneur !

CLODOADE *s'y jettant aussi.*

Ah, mon Maître !

ALBIZINDE.

Qu'entends-je ! quoi, c'est vous ! c'est mon Roi que je voi !
Par cet embrassement, Seigneur, permettez-moi....

CHILDERIC.

O jour cent fois heureux ! jour pour moi plein de charmes !

ALBIZINDE.

O Dieux ! dans votre sein, je puis sécher mes larmes !

CHILDERIC.

Je ne me souviens plus de mes malheurs passés ;
Ces doux embrassemens les ont tous effacés.
Après tant de périls, tant de peines mortelles,
Je revois des Sujets généreux & fidéles !
Vous tenez dans vos mains le sort de votre Roi ;
Sans crainte il s'abandonne, Amis, à votre foi.

LISOIS.

Vous vivez, il suffit, avant qu'on le soupçonne,
Nous vous devons, Seigneur, remettre la couronne.

CHILDERIC.

Que ces nobles transports, cher Lisois, me sont doux !
Mais que puis-je espérer ? pour moi, que ferez-vous ?

CLODOADE *avec empressement.*

Ce que, pour votre fils, nous allions entreprendre.

CHILDERIC.

Mon fils ! est-il vivant ? ah ! que viens-je d'entendre ?

ALBIZINDE.

Seigneur, c'est Clodoade à qui vous le devez :
C'est lui par qui ses jours ont été conservez.

à Clodoade. CHILDERIC.

Que ne te dois-je point ! vos faveurs se déployent,
Que de biens en un jour, Dieux ! vos bontés m'envoyent !
Mais achevez, Ami ; montrez-moi ce cher fils :
Que mes plus tendres voeux à l'instant soient remplis !
à Albizinde.
Madame, pardonnez à cette impatience,
Qui me fait, un moment, quitter votre présence.

ALBIZINDE.

Ce transport est trop juste : allez, mais promptement
Reprenez votre azile en mon appartement :
Mon ame loin de vous seroit trop allarmée.

CHILDERIC.

A ! de tant de vertus, que la mienne est charmée,
Puisse le juste Ciel, par un heureux succès
Me donner le pouvoir de payer vos bienfaits !

SCENE

SCENE VIII.

ALBIZINDE, CLODOADE.

CLODOADE.

VOici l'heureux moment, généreuse Princesse,
Qui doit faire éclater le zéle qui vous presse.
C'est vous à qui, du Roi le destin est remis,
Et vous pouvez, d'un mot, perdre ses ennemis.

ALBIZINDE.

Eh bien, me voilà prête à vous donner l'exemple :
Que faut-il ?

CLODOADE.

Dès l'instant, il faut se rendre au Temple;
Il faut flatter Clovis que, renduë à ses vœux,
Vous voulez par l'hymen, satisfaire ses feux.
C'est-là qu'il doit trouver la mort qu'on lui destine.
La haine des Tyrans qui toujours vous domine,
Ne nous a pas permis, Madame, de penser
Qu'à suivre ce projet, vous dûssiez balancer.
Tout est prêt; & je vais avancer cette fête,
Annoncer à Clovis que rien ne vous arrête,
Et que vous consentez, au gré de ses desirs,
A venir, par l'hymen, terminer ses soupirs.

SCENE IX.

ALBIZINDE *seule.*

L'Ai-je bien entendu! grands Dieux! quel coup de foudre!
Cruels, qu'exigez-vous? pourrai-je m'y resoudre?
Moi, feindre de répondre aux transports de Clovis,
Abuser de l'amour dont son cœur est épris,
Pour l'entraîner au Temple, où mille mains armées,
Contre ses tristes jours, de fureur animées
L'attendent pourporter le coûteau dans son sein,
Et le faire tomber sous le fer assassin?
N'étoit-ce pas assez d'avoir, malgré ma flâme,
Porté le désespoir dans le fond de son ame?
Quoi, pour chasser Clovis de ce Trône usurpé,
Par moi, du coup mortel, faut-il qu'il soit frappé?
Mais, à ce noir projet, si mon cœur se refuse,
Où cacher ma foiblesse, où trouver une excuse?
Si l'on manque ce coup, peut-être dès ce jour,
Je perdrai Childeric & son fils sans retour;
Je perdrai leurs amis qui sur moi se reposent
De la juste vengeance où leurs bras se disposent.
Ah! mon nom, à jamais, dût-il être en horreur,
Je ne puis me prêter, Dieux! à tant de fureur!

Nous devons à nos Rois nos biens & notre vie ;
Heureux qu'en les servant, elle nous soit ravie !
Mais ils ne peuvent pas exiger qu'un Sujet
Fasse une trahison, ou commette un forfait.
Tu frémis vainement ; vainement tu t'allarmes ?
Il faut verser du sang, non d'inutiles larmes !
Il faut que dans ce jour enfin tu fasses choix
Du sang de ton Amant, ou du sang de tes Rois.
Ah ! quel choix, justes Dieux ! quelle épreuve cruelle !
Pouvez-vous y réduire une foible mortelle ?
Que fais-tu, malheureuse ? Ah ! par de beaux efforts,
Cours réparer ta honte & tes lâches transports !
Oui, par ta mort, Clovis, tu dois payer la gloire
D'avoir, à ma vertu, disputé la victoire !
Elle veut s'en aller ; elle apperçoit Clovis.
En quel tems, à mes yeux, ô Ciel ! viens-tu t'offrir ?
Raison, Gloire, Devoir, venez me secourir !

SCENE X.

ALBIZINDE, CLOVIS.

CLOVIS.

ENfin, pour mon bonheur, Madame, tout s'empresse :
Vous couronnez mes feux, adorable Princesse ;

Que ce charmant aveu me comble de douceurs,
Et qu'il répare bien tant d'injustes rigueurs!
Mais quand je m'abandonne à ce bonheur suprême,
Vous détournez les yeux! quelle froideur extrême?

ALBIZINDE.

Hélas!

CLOVIS.

Vous gémissez! sans pousser des soûpirs,
Ne sauriez-vous combler mes plus tendres desirs?
Quoi! n'approuvez-vous pas que ce doux hymenée,
A vos jours glorieux, joigne ma destinée?

ALBIZINDE.

O Ciel! quel est l'hymen que vous me demandez!

CLOVIS.

Eh quoi! c'est par des pleurs que vous me répondez?
Je vois qu'on m'a flatté d'une espérance vaine:
Ces nœuds, pour moi, si chers sont toujours votre peine.

ALBIZINDE.

Je suis prête à vous suivre au Temple en cet instant;
L'on ne vous trompoit point; allons.... on nous attend....

CLOVIS.

Vous frémissez!

ALBIZINDE.

Ah Dieux!

CLOVIS.

Votre crainte redouble!
Madame, expliquez-vous, éclaircissez ce trouble.

Ah ! ne me laiſſez point dans ce doute cruel !
C'eſt, ſur mon triſte cœur, porter le coup mortel.

ALBIZINDE.

Vivez, Seigneur, vivez !

CLOVIS.

Eh, comment puis-je vivre?
A d'éternels tourmens, votre haine me livre.

ALBIZINDE.

Non, je ne vous hais pas.

CLOVIS.

Venez donc, ſans trembler,
Par un heureux hymen....

ALBIZINDE.

Non, c'eſt trop m'accabler!
Ah ! ne me parlez plus de cet hymen funeſte !
Plus vous montrez d'ardeur, & plus je le déteſte.
J'irois... moi... ſans horreur, je ne puis y penſer.
Au nom de votre amour, ceſſez de m'en preſſer !
Je m'égare... je céde à ma frayeur extrême...
Si mon cœur en frémit, c'eſt parce qu'il vous aime.

SCENE XI.

CLOVIS *seul.*

AH ! Madame, arrêtez... c'est en vain... elle fuit!
Qu'ai-je entendu, grands Dieux! où me vois-je reduit ?
Elle m'aime, dit-elle : ah ! douceur achevée,
Que, jusqu'ici, mon cœur n'avoit point éprouvée!
Elle m'aime! & pourtant à l'aspect du lien,
Qui devroit assurer son bonheur & le mien,
Tremblante, elle est en proye aux plus vives allarmes!
Elle frémit d'horreur ; elle verse des larmes !
Quel est donc ce mystére! Ah ! courons sur ses pas!
Il faut développer ce funeste embarras.

SCENE XII.

CLOVIS, GONTARIS, GARDES.

GONTARIS.

SOngez à prévenir une horrible disgrace ;
Je tremble du péril, Seigneur, qui vous menace.
On dit qu'un Etranger arrivé depuis peu,
De la rebellion, vient allumer le feu ;

Il en veut à vos jours & ſans doute à l'Empire :
Même on croit qu'avec lui, la Princeſſe conſpire.
On les a vû tous deux long-tems s'entretenir,
Et chez elle, à l'inſtant, on l'a vû revenir.

CLOVIS.

Ah ! je n'en doute point ; contre moi l'on conſpire ;
Albizinde le ſait ; elle craint de le dire ;
Quelque grand intérêt la retient... approchez,
Gardes, empreſſez-vous ; de toutes parts, cherchez
Un perfide Etranger qui, dans ces lieux ſe cache :
Allez, de ſa retraite, auſſi-tôt qu'on l'arrache ;
Qu'on ne le quitte point ; & qu'on l'amene ici,
De cette trahiſon je veux être éclairci.

SCENE XIII.

CLOVIS, GONTARIS.

CLOVIS *pourſuivant.*

ET toi, que de mes jours, la ſûreté regarde
Aux endroits les moins ſûrs, fais redoubler la garde.

SCENE XIV.

CLOVIS *seul poursuivant.*

GRands Dieux ! si, pour punir un pere criminel,
Vous voulez sur mon sein lancer le coup mortel,
Faites, que poursuivant une illustre victoire,
Je tombe avec honneur dans les Champs de la gloire !
Mais ne me laissez pas honteusement périr !
De la mort des Tyrans, Clovis doit-il mourir ?

Fin du troisiéme Acte.

ACTE IV.

SCENE PREMIERE.

ALBIZINDE *seule.*

OU fuirai-je ! en quels lieux puis-je cacher ma honte?
Clovis est donc instruit du feu qui te surmonte ;
Tu viens de déclarer, malheureuse... & c'est peu :
De tes crimes encor, le moindre est cet aveu.
Ces indignes transports dont ta gloire est flétrie,
Vont peut-être, à ton Roi, faire perdre la vie ;
Par l'ordre de Clovis, des soldats furieux
L'accablent sous les fers, l'arrachent de ces lieux ;
Sans doute il va périr ! nul espoir ne me reste.
Voilà quel est le fruit de mon amour funeste !
Perfide envers mon sang, parjure envers mon Roi,
C'est à son ennemi que je garde ma foi.

Rien n'a pû l'emporter sur ma lâche foiblesse :
A l'aspect de Clovis, ma timide tendresse
N'a vû que les périls qui menaçoient ses jours,
Et m'a fait, malgré moi, voler à son secours.
Cruels, dont j'attendois une illustre victoire,
Vous, funeste devoir, vous, importune gloire,
Quel est votre pouvoir sur les foibles mortels ?
Pourquoi les fatiguer par tant d'assauts cruels,
Si vous les trahissez, ou n'avez pas la force
D'étouffer, de l'amour, la plus legere amorce ?
La mort est le seul bien, où mes tristes souhaits....
Mais c'est perdre le tems en stériles regrets !
De Clovis, s'il se peut, désarmons la furie ;
Pour sauver Childeric, aimons encor la vie ;
Courons : déja peut-être on le mene à la mort.

SCENE II.

ALBIZINDE, SIGIBERT, VALAMIR.

ALBIZINDE *poursuivant.*

SEigneur, de Childeric, vous a-t-on dit le sort ?
On vient de l'arrêter ; dans les fers on l'entraîne :
S'il trompa, de Gellon, la fureur inhumaine,
Peut-être il périra par l'ordre de Clovis.
Ah ! s'il est vrai, Seigneur, que vous soyez son fils,

Allez rassembler ceux qui pour lui s'interessent;
Pour conserver ses jours, qu'ils viennent, qu'ils s'empressent;
Mettez-vous à leur tête; & faites en ce jour
Ce qu'exige le sang, le devoir & l'amour.
Moi, je vais, de Clovis implorer la clémence,
Sans lui nommer le Roi, parler pour sa défense;
Je vais me déclarer hautement son appui;
L'arracher à la mort, ou périr avec lui.

SCENE III.

SIGIBERT, VALAMIR.

SIGIBERT.

VA, pour ce que je suis, je me ferai connoître;
Et je servirai bien le Sang qui m'a fait naître!
Childeric est vivant! qu'on t'a mal obéï,
Gellon; ainsi toujours, partout, tu fus trahi!
O Dieux! qu'il a fallu m'imposer de contrainte!
Que ma haine, en secret, a souffert de la feinte!
Pour mon pere, on m'offroit mon plus grand ennemi:
Forcé de l'embrasser, tous mes sens ont frémi!
Je voulois lui parler, interdit à sa vûe...
Non, il ne fut jamais de si triste entrevûe:
Je ne songeois enfin qu'à hâter son tourment.
Qui n'eût été surpris! il faut, en ce moment,

Ou je crois, ſur mon front, poſer le diadême,
Qu'à mon fier ennemi, je le céde moi-même.
Tout alloit réuſſir ſelon ſes vœux ſecrets,
Si je n'euſſe rompu ſes funeſtes projets.
Admire comme ici le Ciel me favoriſe !
Comme au gré de mes vœux, guidant mon entrepriſe,
Mes ennemis trompés ſe livrent à mes coups !
Aucun ne me connoît, & je les connois tous ;
A ma haine, ſans crainte, eux-mêmes s'abandonnent ;
Je puis les immoler avant qu'ils me ſoupçonnent.
Je triomphe ! déja mes ſoins ont réuſſi ;
Déja ſecrettement, par mon ordre, éclairci,
Clovis a fait chercher un Etranger perfide ;
Il a fait éclater la crainte qui le guide.
Dans ſa fureur encor, pour le mieux engager,
Qu'il apprenne au plûtôt que ce même Etranger
N'eſt autre que le Roi, qui plein de ſa vengeance,
Tentoit de recouvrer la ſuprême puiſſance.
Ainſi m'étant défait du pere par le fils,
J'irai, de Childeric, ſoûlever les amis,
Qui, brûlant de venger celui qu'on croit mon pere,
Feront, contre Clovis, éclater leur colere.
Dès-lors, un doux hymen terminant mes ſoûpirs,
Rangera ſous mes loix l'objet de mes deſirs.
Mais aïant, ſur mon front, affermi la Couronne,
Il faut qu'à d'autres ſoins, ma fureur s'abandonne ;

Il faut punir tous ceux qui trahirent Gellon ;
Et découvrir alors ma naiſſance & mon nom.

VALAMIR.

Je ne vous puis, Seigneur, déguiſer ma ſurpriſe ;
Même en ſervant l'ardeur dont votre ame eſt épriſe,
Je ne concevois pas pourquoi, par vos avis,
Vous mettiez Childeric dans les fers de Clovis ;
Pourquoi, d'un ennemi, la vie étoit ſauvée,
Dans le moment qu'au Temple, il l'auroit achevée !
Dès que j'ai vû le Roi de retour aujourd'hui,
J'ai crû que ſatisfait de regner après lui,
Et ſûr, après ſa mort, d'obtenir la Couronne,
Que le nom de ſon fils, par la feinte vous donne,
Vous auriez attendu que par l'ordre des Dieux...

SIGIBERT.

Ah ! que tu connois mal un cœur ambitieux !
Sans relâche enflâmé par la ſoif qui le guide,
Plus il eſt avancé, plus il devient avide :
Péril, noirceur, forfait, il fait tout affronter ;
Et le Trône, ou la mort peuvent ſeuls l'arrêter.
Quand je puis voir, avant la fin de la journée,
Par des crimes cachés, ma tête couronnée,
Tu voudrois donc qu'aux Dieux, je remiſſe mon ſort ;
Et qu'à leur gré, du Roi j'attendiſſe la mort ?
Non, peut-être trop tôt l'on pourroit me confondre.
Et qui peut en effet, Valamir, me répondre

Qu'à d'autres qu'à Liſois, le perfide Evagès
N'aura pas, en mourant, confié ſes ſecrets ?
Ah ! je dois prévenir ma honte & mon ſupplice !
Négliger les momens où le Ciel eſt propice,
C'eſt vouloir échouer, & l'armer contre nous :
Ils ſont courts, ces momens; mais ils brillent pour tous :
Cette Fortune enfin que ſans ceſſe on accuſe,
Ce Bonheur, ce Malheur ſur leſquels on s'abuſe ;
Ne ſont, pour qui les voit d'un œil judicieux,
Que l'uſage qu'on fait d'un tems ſi précieux.
Achevons, il eſt tems de ſignaler la rage,
Dont le ſang de Gellon échauffe mon courage !
Et quand même ces Dieux, qui ſemblent m'obéir ;
Ne m'auroient tant flatté que pour mieux me trahir :
Oui, quand même en ſecret la voix de la nature
Plus forte que ma rage & que mon impoſture,
En faveur de ſon pere, attendriroit Clovis ;
De ma main immolant & le pere & le fils,
Je ſçaurois bien moi-même achever ma vengeance ;
Plûtôt que de céder la ſuprême puiſſance !
Clodoade revient !

SCENE IV.

SIGIBERT, CLODOADE, VALAMIR.

SIGIBERT *pourſuivant.*

TOn projet eſt détruit !
Clovis l'a découvert; qui peut l'avoir inſtruit ?

CLODOADE.

Pour comble de malheurs, il faut que je l'ignore :
Que, pour venger le Roi, mon bras ne puiſſe encore
Percer le ſein du Traître & punir ſes forfaits !
Mais il ne verra pas accomplir ſes ſouhaits.
Les amis qui tantôt au gré de notre envie,
Dans le Temple, à Clovis, alloient ôter la vie,
A la voix de Liſois, de courroux enflâmés,
Pour ſauver Childeric, déja ſont tous armés;
L'on n'attend plus que vous : courez à force ouverte,
Délivrer votre pere, & prévenir ſa perte;
Hâtez-vous; à regret je vous vois en ces lieux;
Profitez d'un moment qui nous eſt précieux.

SIGIBERT.

Oui, je cours achever tout ce que ma colere
M'inſpire pour venger & ma gloire, & mon pere.

SCENE V.

CLODOADE *seul.*

NOus, allons, pour gagner encor quelques momens
Appaiser, de Clovis, les premiers mouvemens.

SCENE VI.

CLOVIS, CLODOADE, SUITE DE CLOVIS, GARDES.

CLOVIS.

CHer Clodoade, éh bien, tu vois la récompense,
Qu'obtiennent, en ce jour, mes bienfaits, ma clemence!
Mais, grace aux Immortels, le complot est connu:
Son Auteur, dans les fers, est déja retenu:
L'on doit me l'amener: l'appareil des supplices
L'engagera sans doute à nommer ses complices.
La Princesse sur tout y trempoit surement;
L'Assassin s'est trouvé dans son appartement:
Et mon amour encor tremble à se plaindre d'elle:
Mais mon frere l'adore, & ce Prince infidelle,

Dans

Dans sa jalouse ardeur, a pû seul conspirer.
Tout le rend criminel ; il faut s'en assurer :
Ne parle plus pour lui ; je veux qu'on le prévienne ;
Sous une sure garde, allez qu'on le retienne.

CLODOADE.

La défiance est juste ; il faut tout prévenir :
Mais songez qu'un grand Roi toujours tarde à punir ;
Que...

CLOVIS.

Cours exécuter un ordre nécessaire ;
Obéis sans tarder, & crains de me déplaire !

SCENE VII.

CLOVIS, ALBIZINDE, SUITE DE CLOVIS, GARDES.

ALBIZINDE.

JE sçais combien je suis criminelle à tes yeux,
Clovis, & je me rends captive dans ces lieux.
Mais cependant, malgré tout ce que tu dois croire,
Moi-même, plus que toi, jalouse de ta gloire,
Quand je dois craindre tout de ton juste courroux,
J'ose venir encor m'opposer à tes coups :
Je t'ose hardiment demander une grace.
Juge de mon estime en voyant mon audace.

J'attends ici de toi le plus ſublime effort
Où peut, de la vertu, s'élever le tranſport.
Songe, ſonge de plus que tu me dois la vie ;
Sans les ſoins de ma flâme, on te l'auroit ravie.
Hélas ! j'en ai trop dit pour le deſavoüer,
De mes efforts, l'amour a trop ſçu ſe joüer.
Tremblante des périls qui menaçoient ta tête,
Pour te mettre à couvert d'une horrible tempête,
Enfin j'ai tout trahi, ma gloire & mon devoir ;
Triomphe : ſur mon cœur voi quel eſt ton pouvoir !
Mais, par reconnoiſſance, accorde ma demande ;
Tant d'ardeurs pour tes jours valent bien qu'on me rende
Un malheureux Captif qu'en mon appartement,
Tes Gardes, par ton ordre, ont pris indignement.
Fût-il à ton égard mille fois plus coupable,
D'un projet plus cruel, fût-il encor capable,
Pour lui tout pardonner, ton cœur lui doit aſſez,
Puiſque, ſans les périls, ſur ta tête amaſſés,
Albizinde toujours t'eût caché qu'elle t'aime.

CLOVIS.

Mon cœur, de cet aveu, ſent le bonheur ſuprême :
Et l'Empire, & mes jours ne ſont qu'un foible prix
Du charme que ces mots verſent dans mes eſprits.
Je veux vous obéir : daignez au moins m'apprendre
Quel intérêt ſi grand, en lui, vous pouvez prendre ?

Quel eſt cet Etranger ? pourquoi, contre mes jours,
Oſoit-on recourir à de lâches détours ?
Pourquoi vous-même enfin, à ma mort, réſoluë,
Vous feigniez, à mes vœux, de vous être renduë ?
Tirez-moi de l'horreur de toujours ſoupçonner ;
Je me fais un plaiſir de pouvoir pardonner :
Je conſens d'oublier une coupable audace ;
Mais que je ſache au moins ſur qui tombe ma grace !
Quels ſont mes ennemis ! parlez.

ALBIZINDE.

Les vrais Français.
As-tu donc, de ton Pere, oublié les forfaits ?
Sais-tu pas que, du Ciel, la juſtice ſévére
Pourſuit ſur les enfans, les crimes de leur pere.
Si tu veux le fléchir, & gagner tous les cœurs,
Le tien doit s'enflâmer des plus nobles ardeurs :
Tu dois, par des vertus, des mortels adorées,
Vers la gloire, t'ouvrir des routes ignorées ;
Et laiſſant loin de toi les vulgaires Héros,
Purifier ton ſang par des hauts-faits nouveaux.
Il faut qu'à tes bienfaits, qu'à ta clemence illuſtre,
Tu ſçaches ajoûter encore un nouveau luſtre ;
Il faut enfin, Clovis, ſans daigner t'informer
Quels Traîtres, pour ta perte avoient oſé s'armer,
Sans vouloir t'éclaircir des motifs qui me guident,
Que la gloire & l'amour, en cet inſtant décident !

Surtout ne pense pas que j'ose te tromper,
Ni que d'un coup plus sûr l'on cherche à te fraper ;
L'amour qui t'a sauvé, qui rend mon cœur si lâche,
Te répond d'une vie où la mienne j'attache.

CLOVIS.

Non, plus vous me pressez, Madame, & plus je vois
Que ma gloire elle-même est contraire à vos loix.
Pardonner des forfaits, absoudre des coupables,
Sans oser pénétrer leurs projets exécrables,
C'est foiblesse du moins, si ce n'est lâcheté :
On signale bien mieux sa générosité,
Madame, en accordant un pardon magnanime,
Après avoir connu l'énormité du crime.
Si ma gloire vous touche, instruisez-moi de tout,
Et faites-la vous-même éclater jusqu'au bout.

ALBIZINDE.

(à part.)

Eh bien .... que fais-je, ô Ciel ! .... si tu veux ma réponse,
Fais-moi voir ton Captif, il faut qu'il la prononce.

CLOVIS.

Que dites-vous ! comment ! quel droit a-t'il sur vous ?
Madame, éclaircissez ...

ALBIZINDE.

Se mettant aux genoux de Clovis.

J'embrasse vos genoux ;
Si vous brûlez pour moi, qu'il paroisse à ma vûe !
Vous saurez tout, Seigneur, après cette entrevûe.

CLOVIS.

Dieux! que croirai-je .'.. eh bien, qu'on l'amene à
à vos yeux.
(*aux Gardes*)
Gardes faites venir le Captif en ces lieux.
à Albizinde.
Je me rends à vos vœux; mais à mon tour, Madame,
Je vous conjure encor de couronner ma flâme;
Par l'Hymenée enfin contentez mon amour,
Je l'exige, ou je vais avant la fin du jour...
Le Captif vient... songez quel péril le menace,
Et que de vous dépend son supplice, ou sa grace.
aux Gardes en s'en allant.
Gardes, écartez-vous.

SCENE VIII.

CHILDERIC *enchaîné*, ALBIZINDE.

ALBIZINDE *à part.*

Que ces indignes fers
Font souffrir à mon cœur de supplices divers!
Voilà donc mon ouvrage! en horreur à moi-même....
à Childeric.
Ah! Seigneur, connoissez mon désespoir extrême!

CHILDERIC.

Madame, de mon ſort, je ſens peu les rigueurs,
Puiſque vous partagez avec moi mes malheurs.
Mais offrons à leurs coups une ame plus docile;
Armons-nous de conſtance; & d'un regard tranquile...

ALBIZINDE.

Cette noble aſſurance eſt digne d'un Héros;
Mais ſi vous connoiſſiez tout l'excès de vos maux;
Si vous ſaviez, Seigneur, qu'une main trop chérie,
A ce nouveau revers expoſe votre vie;
Tant de traits imprévus pourroient vous ébranler;
Mes regrets ne pourroient du moins vous conſoler.

CHILDERIC.

Non, non, votre amitié me ſera toujours chere;
J'aurai toujours pour vous les tendreſſes d'un pere.

ALBIZINDE.

Je ne mérite plus des ſentimens ſi doux;
Je ne ſuis digne, hélas! que de votre courroux.

CHILDERIC.

Vous!

ALBIZINDE.

Je ne cherche point à vous cacher mon crime:
Dans l'aveu de ſa faute, une ame magnanime,
Trouve le ſeul ſecours qui la peut ſoulager.
Feindre ici, ce ſeroit encor vous outrager.

Si votre ennemi vit ; s'il est encore au Trône ;
Si vous êtes aux fers & perdez la couronne ;
C'est moi, Seigneur, c'est moi qui viens de vous trahir.

CHILDERIC.

Qu'entends-je !

ALBIZINDE.

C'est ce cœur qui n'a pû m'obéir.
Je voulois, de ma foi, donner un grand exemple ;
J'allois, pour l'immoler, mener Clovis au Temple ;
Je me sacrifiois aux loix de mon devoir ;
D'un ascendant vainqueur, j'ignorois le pouvoir.
En vain, devant Clovis, mon cœur s'armoit de feinte ;
Il n'a pû, jusqu'au bout, soutenir la contrainte ;
Un regard incertain, un soupir indiscret
Ont malgré mes efforts, déclaré le secret.
C'en est trop : éclatez contre un cœur si coupable !
Ma honte, ma douleur, le remords qui m'accable
N'attendent, pour me faire expirer à vos yeux,
Que vos reproches dûs à ce crime odieux.

CHILDERIC.

Pour le fils de Gellon, votre ame est enflâmée ?
Dieux ! quel comble d'horreur !

ALBIZINDE.

Ses vertus m'ont charmée.
Malgré moi, leur éclat a sçû me captiver.
Mais pourquoi n'osons-nous, Seigneur, les éprouver?

Témoin de leurs transports, sûre de la victoire
Qu'aussitôt, sur Clovis, eut remporté la gloire,
A ses bontés ici, je voulois recourir;
Et j'ai crû mille fois devoir tout découvrir.

CHILDERIC.

Eh! quel indigne espoir auroit pû vous séduire?
A cette honte encor, vouliez vous me réduire?
Vouliez-vous, lâchement lui déclarant mon nom,
Après m'avoir trahi, mandier mon pardon?

ALBIZINDE.

Cet Empire usurpé qu'il ne tient que du crime,
A révolté souvent son ame magnanime.
Un doux espoir me luit: s'il sçavoit votre sort;
Ah! s'il vous connoissoit; & par un digne effort,
Si je lui promettois ma main pour récompense;
Il est trop vertueux pour croire qu'il balance.
Il met déja ce prix à votre liberté,
Et porteroit plus loin la générosité.

CHILDERIC.

Eh bien, Madame, allez; devenez la conquête
De celui dont le pere a condamné ma tête,
Et, plus barbare encor que les plus durs Tyrans,
S'est abbreuvé, saoulé du sang de vos Parens,
Du sang de votre Reine, & du sang de vos Freres;
Et qui, lui seul, a fait l'excès de nos miseres.
Mais ne vous flattez pas qu'à cet infâme prix,
De vivre, de regner, je sois jamais épris.

Rien ne peut, de mes maux, faire tarir la ſource :
Mais pour ma gloire encore, il eſt un reſſource ;
Et c'eſt la ſeule enfin....

ALBIZINDE.

Eh quoi....

CHILDERIC.

Mourir en Roi :
En attendre l'arrêt ſans trouble & ſans effroi.
J'ai fait ce que j'ai dû pour remonter au Trône ;
Vous, ſur qui je comptois, le Ciel, tout m'abandonne :
Mon ſort, en échouant, n'eſt pas moins glorieux ?
Tenter eſt des Mortels, réuſſir eſt des Dieux.
C'eſt peu, pour un Monarque amoureux de la gloire,
Qui veut vivre à jamais au Temple de mémoire,
Que de ſavoir toujours, de lauriers ſe couvrir,
Que de ſavoir regner, il doit ſavoir mourir.
Dans cet inſtant fatal, on voit ce que nous ſommes,
Et c'eſt un beau trépas qui fait ſeul les grands hommes.
Mais au tombeau, du moins j'emporte la douceur
De ſavoir qu'en un fils, il me reſte un vengeur.
De Sigibert, Clovis ne s'eſt pas rendu maître :
Ce fils me vengera : le tems viendra peut-être,
Où, laſſés d'appuïer la race de Gellon,
Les Dieux rendront juſtice au ſang de Pharamon.

ALBIZINDE.

Mais, Seigneur, permettez....

CHILDERIC.

Je ne veux rien entendre!
La mort fait tous mes vœux : adieu, je cours l'attendre :

Eh! ne mourrois-je pas de honte & de douleur
De voir bruler mon ſang d'une coupable ardeur?

ALBIZINDE.

Je ne vous quitte point : à ma gloire rendue,
Je m'en vais, avec vous, mourir à votre vûe.

Fin du quatriéme acte.

ACTE V.

SCENE PREMIERE.

CLOVIS, GONTARIS, SUITE, GARDES.

CLOVIS.

Ui, Gontaris, allez ; je veux voir l'Etranger,
Je veux voir la Princeſſe & les interroger :
Qu'on les faſſe venir.

SCENE II.

CLOVIS *pourſuivant.*

PEnétrons dans leur ame,
Voyons quel ſort enfin doit obtenir ma flâme,

Mais à peine ai-je vû ce Captif malheureux,
Que depuis, dans mon cœur, regne un désordre affreux :
Un desir curieux me presse, me dévore,
Et m'excite en secret à le revoir encore.
Ah ! faut-il s'étonner de me troubler pour lui !
Ce que j'adore, hélas ! s'en déclare l'appui.
De puissans intérêts les unissent ensemble ;
Ce n'est pas sans motif que la Princesse tremble.
Mais voici le Captif.

SCENE III.

CHILDERIC *enchaîné*, CLOVIS, SUITE, GARDES.

CLOVIS *à Childeric.*

APproche, malheureux !

à part.

Son intrépidité, son front majestueux
Ont déja redoublé le trouble qui m'agite :
Je sens qu'en sa faveur, tout déja sollicite.

à Childeric.

Je sais que, sur mes jours, tu voulois attenter ;
Quelque soit le motif qui pouvoit t'y porter :

Si-tôt que c'eſt moi ſeul que regarde une offenſe,
Apprends que le coupable eſt ſûr de ma clémence :

CHILDERIC *à part.*

Où ſuis-je! juſtes Dieux !

CLOVIS.

Mais dis moi ſeulement
Qui t'engageoit au crime; & par quel mouvement,
T'armois-tu contre moi ?

CHILDERIC *à part.*

Pour mon fils, la Nature
N'avoit point, dans mon cœur, excité ce murmure !

CLOVIS.

Réponds, parle.

CHILDERIC

Clovis, oui, tu me dois la mort !
Termine, en m'immolant, la rigueur de mon ſort,
J'allois...

CLOVIS.

Eclaircis-moi ſur ce que je demande,
Et ſonge à m'obéir lorſque je te commande.
Quel païs eſt le tien ? quel eſt ton nom, ton rang ?

CHILDERIC.

Reſpecte mes ſecrets : j'avois ſoif de ton ſang :
Je touchois au moment, où je l'allois répandre.
Frappe, dis-je ! c'eſt tout ce que je puis t'apprendre.

CLOVIS.

Non, non, qui que tu ſois, triomphe juſqu'au bout;
Je ſens que je ſuis prêt à te pardonner tout :

Mais du moins tire-moi d'une affreuſe contrainte;
Découvre moi ton ſort; parle, parle ſans crainte?

CHILDERIC.

Soins ſuperflus ! en vain tu prétends m'arracher.
Un aveu que ma gloire ordonne de cacher.
Et c'eſt te dire aſſez qu'il n'eſt point de Puiſſance,
Qui me force jamais à rompre le ſilence :
La vie & tes bienfaits, les tourmens, le cercueil,
Quand la gloire a parlé, je vois tout d'un même œil.

CLOVIS.

Ah ! de trop de bontés, à la fin je me laſſe.
Un ſentiment ſecret me demandoit ta grace,
Ingrat, je lui cédois : je ſaurai l'étouffer;
Et, de ſes vains efforts, je ſaurai triompher.
Eh bien, nous allons voir ſi l'aſpect des ſupplices
Ne te contraindra pas d'avouer tes complices,
Ta naiſſance, ton nom, ces deſſeins concertez...

Aux Gardes.

Qu'au milieu des tourmens, on l'oblige... Arrêtez !

à part.

Au lieu de m'irriter, je ſens qu'il me déſarme;
Plus je le vois, & plus un invincible charme...
Dieux ! ne puis-je ſavoir qui fait naître en mes ſens
Des mouvemens ſi vifs, des tranſports ſi puiſſans?

SCENE IV.

CHILDERIC *enchaîné*, CLOVIS, GONTARIS, GARDES, &c.

GONTARIS.

à Clovis, lui donnant une lettre.

En ce même moment, je reçois cette lettre,
Qu'on me charge, Seigneur, de venir vous remettre.

à Gontaris. CLOVIS.

Donnez. *Il lit bas, & s'écrie à part.*
Quelle surprise ! & qu'est-ce que je voi !
à Gontaris & aux Gardes.
Qu'on nous laisse !.... j'entends ce que tu veux de moi.
O Ciel !

SCENE V.

CHILDERIC *enchaîné*, CLOVIS.

CHILDERIC.

N'Est-il pas tems enfin que je périsse ?

CLOVIS *lui présentant la lettre.*

Lis, juge si je dois ordonner ton supplice.

CHIDERIC *lit haut.*

Clovis, cet inconnu que tu tiens dans les fers,
Eſt Childeric, qu'en vain jadis ton pere
Pour prévenir les plus cruels revers,
Crut avoir fait périr dans ſa juſte colere.

Ciel !

CLOVIS.

Es-tu Childeric? eſt-ce-là ton ſecret?

CHILDERIC.

Cet aveu, de ma mort, doit avancer l'arrêt ;
Mais, dans quelque tourment, où ta fureur me plonge,
Voudrois-je racheter mes jours par un menſonge,
Digne des malheureux, par la crainte abattus ?
Oui, je ſuis Childeric ; frappe ; n'héſite plus.

CLOVIS.

Au lieu de me braver, d'exciter ma colere,
Tu devrois bien plûtôt, moins fier dans ta miſere,
Implorer...

CHILDERIC.

Que dis-tu? crois tu m'intimider?
A quel titre, en ces lieux, oſes-tu commander !
Pour me charger de fers, pour me parler en maître,
Toi-même réponds moi, par où prétends-tu l'être,
Toi, le fils d'un Tyran, d'un lâche Uſurpateur,
Et qui n'eut pour regner de droit que ſa fureur?

CLOVIS.

O Dieux !

CHILDERIC.

CHILDERIC.

Si de Gellon, j'ai pû tromper la rage,
Accomplis ſon forfait, & venge ſon outrage;
Ne démeuts point le ſang qui t'a donné le jour,
Et, ſi tu veux regner, ſois barbare à ton tour.
Le Deſtin te préſente une digne victime;
Tu peux te ſignaler enfin par un grand crime:
Jamais Uſurpateur fit-il grace à ſon Roi?
Suis leur noire maxime; acheve, hâte toi:
Du fils de mon Tyran, que puis-je encore attendre?

CLOVIS.

Le Trône... il t'appartient; & je dois te le rendre.
L'honneur de t'y placer eſt aſſez grand pour moi:
De ton premier Sujet, reçois ici la foi.

Il détache les fers de Childeric, & ſe met à ſes genoux.

Trop heureux en ce jour de te faire connaître
Que ſi, d'un fier Tyran, le Deſtin m'a fait naître,
De ſa haine pour toi, de ſa témérité,
De ſes noires fureurs, je n'ai pas hérité!

CHILDERIC.

Embraſſant Clovis à ſes genoux.

Ah! tu n'es point ſon fils! dans le ſang d'un barbare,
On ne puiſa jamais une vertu ſi rare!

SCENE VI.

CHILDERIC, CLOVIS, ALBIZINDE.

ALBIZINDE *au fond du Théatre.*

AH ! que vois-je ? Clovis aux genoux de mon Roi !

CHILDERIC.

Venez, venez, Princeſſe, & calmez votre effroi !
Aux plus nobles tranſports, ce Héros s'abandonne,
Il briſe mes liens ; il me rend la Couronne.

ALBIZINDE.

Je reconnois Clovis à ces traits généreux,
Et n'eſpérois pas moins d'un cœur ſi vertueux.

CLOVIS.

Ah ! vous m'auriez ouvert le chemin de la gloire,
Si vous euſſiez penſé qu'elle auroit la victoire.
Eh quoi ! mes ſentimens n'ont-ils pas éclaté ?
Non, non, de ma vertu, vous avez trop douté.

ALBIZINDE.

Ta gloire en eſt plus grande ; elle en eſt moins ſuſpecte :
Même, malgré l'envie, il faut qu'on la reſpecte.
Pour en diminuer, pour t'en ôter le prix,
On eût dit que l'amour aveuglant tes eſprits,

Te faifoit lâchement rendre le Diadême,
Au lieu que ton grand cœur prend effor de lui-même,
Qu'à la feule vertu, trop content de céder,
Tu defcends de ton rang, fans en rien demander.

CHILDERIC *à Clovis.*

Quel peut être le fruit de ma reconnoiffance?
Des biens que tu remets encore en ma puiffance,
Je n'en connois aucun...

SCENE VII.

CHILDERIC, CLOVIS, ALBIZINDE, GONTARIS.

GONTARIS *à Clovis.*

Ah! Seigneur, hâtez-vous
De venir repouffer de parricides coups!
Clodoade, Lifois, & votre frere même,
Lâchement entraînés par une audace extrême,
Ont armé contre vous un Peuple furieux;
En tumulte, à grands pas, ils marchent vers ces lieux;
Rien ne peut, du Palais leur fermer le paffage;
Vos Gardes renverfés vous livrent à leur rage.
Ils viennent, pour parer des ordres inhumains,
Arracher, difent-ils, Childeric de vos mains.

Leur nombre, leur fureur, à chaque inſtant, redouble.

CHILDERIC *à Clovis.*

Suivez mes pas, Seigneur, j'appaiſerai ce trouble.
Hâtons-nous : vos vertus les vont tous étonner.

CLOVIS.

Oui, venez, à leurs yeux, je veux vous couronner.

SCENE VIII.

ALBIZINDE *ſeule.*

O Ciel ! que de vertus ! ... mais mon ame eſt émuë!
Je les vois à regret s'éloigner de ma vûë.
Eh quoi ! lorſqu'à mes vœux tout ſemble conſpirer,
Qu'à tous ſes mouvemens, mon cœur peut ſe livrer ;
Qu'il ſe doit applaudir de ſa tendreſſe extrême,
Pour un jeune Héros trop digne que je l'aime ;
Lorſqu'enfin, pour mon Roi, rien n'eſt à redouter,
Quelle vaine terreur vient encor m'agiter !
Ah! malgré tant de biens, puis-je être ſans allarmes?
Pour perdre mon Amant, chacun a pris les armes;
De la rebellion, chacun ſuit l'étendart ;
On menace, on pourſuit Clovis de toute part ;
Sigibert conduit tout ; & ſa jalouſe rage,
Juſqu'à lui, s'il ſe peut, va s'ouvrir un paſſage.:
» Enfin ſai-je les maux qui peuvent m'accabler ?

SCENE IX.

ALBIZINDE, ELLENIRE.

ALBIZINDE *poursuivant.*

» * ELlenire, où cours-tu? que tu me fais trembler!
» Ciel! quel trouble est le tien? quelle affreuse disgrace
» Te fait...

ELLENIRE.

Ah! je frémis du coup qui vous menace!
» Peut-être en ce moment, hélas! Clovis n'est plus.

ALBIZINDE.

» Que dis-tu?

ELLENIRE.

Ses efforts deviendront superflus:
» Ses soldats sont défaits; & déja les Rebelles,
» Ou plûtôt, pour leur Roi des Sujets trop fidéles,
» Entourent ce Palais; Sigibert est vainqueur,
» Et jure hautement de lui percer le cœur:
» On dit même, & ce bruit n'a que trop d'apparence,
» Que ce Prince a déja satisfait sa vengeance.

ALBIZINDE.

» Aux mouvemens affreux qui déchirent mon cœur,
» Je ne saurois douter de cet excès d'horreur.

* Tout ce qui est ici guillemeté, n'a pas été dit sur le Théatre, à cause de la haine que le Parterre a pour les suivans & suivantes.

» Cher Clovis, ne crois pas qu'à ta mort je ſurvive,
» Qu'en de triſtes liens, mon ame encor captive...
Mais c'en eſt fait?

SCENE X.

ALBIZINDE, ELLENIRE, LISOIS.

ALBIZINDE *pourſuivant.*

LIſois, ah! d'où naiſſent vos pleurs!
Qu'allez-vous m'annoncer?

LISOIS.

Le plus grand des malheurs.

ALBIZINDE.

Eh quoi! le Roi, Clovis ont-ils perdu la vie?

LISOIS.

Clovis reſpire.

ALBIZINDE.

Au Roi, grands Dieux! on l'a ravie!

LISOIS.

Oui, les jours de Clovis, à Childeric ſont dûs!
Cependant le Roi meurt, & Sigibert n'eſt plus.

ALBIZINDE.

Qu'entends-je, juſte Ciel! quel revers les accable?

LISOIS.

Pour ſauver Childeric d'une mort déplorable,

Au pouvoir de Clovis, nous venions l'arracher ;
Les Peuples, sur nos pas, s'empressoient de marcher ;
Et déja succombant sous notre juste rage,
Les soldats de Clovis nous cedoient le passage ;
Rien ne mettoit obstacle à nos heureux souhaits :
Déja nous arrivions aux portes du Palais ;
Et nous allions enfin délivrer notre Maître.
Mais à nos yeux surpris nous l'avons vû paroître ;
Il marchoit triomphant ; il étoit libre, armé ;
Clovis l'accompagnoit sans paroître allarmé ;
Au devant de nos pas, l'un & l'autre s'avance ;
Le Roi parle. On se calme ; on lui prête silence :
Peuples, braves Français, vous qui, pour votre Roi,
Témoignez en ce jour tant d'ardeur & d'effroi,
Ne craignez rien, dit-il, *pour lui, ni pour vous-même ;*
Clovis, en ma faveur quitte le Diadême !
A ces mots, Sigibert (eh, qui l'eût pû prévoir ?)
Sigibert s'abandonne au plus vif désespoir :
La vertu de Clovis, tant de grandeur l'outrage.
On ignoroit encor les motifs de sa rage.
Il vole sur Clovis qui ne le voyoit pas ;
Il arrive vers lui, déja leve le bras....
Le Roi, de ce Héros, voit le péril extrême ;
Et pour parer un coup (qu'il craint moins pour lui-même,)
Entre ces deux Rivaux passe rapidement ;
Sigibert aveuglé par son emportement,

Impatient de voir sa main de sang trempée,
Au sein de Childeric a plongé son épée.
A ce terrible objet, Clovis saisi d'horreur,
Et se livrant entier à sa juste fureur
Aussi-tôt, à ses pieds, renverse le perfide,
Venge le Roi d'un coup qu'on croit un parricide.
Des noms les plus affreux le Traître est accablé;
Et, tout mourant qu'il est, il n'en est point troublé.
Sa rage qui s'accroît lui prolonge la vie;
Et, d'un bras chancelant qui sert mal sa furie,
Du vertueux Clovis, il cherche encor le sein;
Mais le fer moins cruel s'échappe de sa main.
Alors, sur Childeric, tournant un œil farouche,
A mon dernier moment, je sens trop que je touche;
Je péris, lui dit-il, *mais avec la douceur*
D'avoir pû, contre toi, signaler ma fureur,
De voir Gellon vengé : Gellon étoit mon pere,
Et Clovis est ton fils; je ne dois plus le taire
Quand mes vœux sont deçus; & sur-tout quand ma mort
Va livrer à Clovis la preuve de son sort;
Ce seroit me priver de ce plaisir suprême
Que me cause, en mourant, son désespoir extrême;
Plus heureux si mon bras.... il meurt.... chacun frémit;
Du malheur de Clovis & du Roi, l'on gémit,
De quels transports touchans, le regret, la tendresse,
La douleur, la Nature, à ce discours, les presse!

Childeric expirant ſe trouve trop heureux
D'embraſſer, dans Clovis, un fils ſi généreux;
Et ce Héros tremblant, les yeux baignés de larmes,
Dans le ſein de ſon pere en proïe à ſes allarmes,
S'acquitte des devoirs du plus tendre des fils.

ALBIZINDE.

De ſurpriſe & d'horreur, tous mes ſens ſont ſaiſis!

LISOIS.

Ils viennent! quel objet!

ALBIZINDE.

Que mon ame eſt tremblante!

SCENE DERNIERE.

CHILDERIC *mourant*, CLOVIS, ALBIZINDE, CLODOADE, LISOIS, SUITE DU ROI, GARDES.

ALBIZINDE *à Childeric.*

EN quel état, le ſort à mes yeux vous préſente!

CHILDERIC *à Albizinde*

Rendons graces au Ciel; & ne nous plaignons plus;
Les regrets & les pleurs ſont ici ſuperflus.
Partagez mon bonheur, livrez-vous à la joye
Qu'avant ma mort encor, ſa clémence m'envoye.

Votre cœur & le mien ne s'étoient point trahis ;
Nos Tyrans ne ſont plus ; & Clovis eſt mon fils.

ALBIZINDE.

De ce bien imprévû, je goûte peu les charmes,
Quand votre mort me livre aux plus vives allarmes.

CLOVIS.

Dans quel inſtant fatal, impitoyables Dieux !
Ce que j'ai de plus cher s'offre-t-il à mes yeux !
O déſeſpoir !

CHILDERIC.

Calmez cette douleur amere,
Mon fils, je meurs content ; je vois que je ſuis pere
D'un Prince que la gloire a pû ſeule exciter ;
Je vois mon Sceptre aux mains digne de le porter ;
O charme encor plus doux ! je t'ai ſauvé la vie !

CLOVIS.

Que plûtôt le Cruel ne me l'a-t-il ravie !

CHILDERIC.

Les Ans m'auroient dans peu fait deſcendre au tombeau ;
C'eſt à toi que les Dieux doivent un ſort plus beau :
Hâte-toi dans le cours de tes jeunes années,
De pourſuivre, mon fils, tes hautes deſtinées.
Rétablis dans la Gaule, un Empire fameux,
Qui tranſmette ta gloire à nos derniers neveux ;
Dont cent Rois illuſtrés par les plus dignes titres,
De la Guerre & la Paix, ſoyent toujours les Arbitres,

La terreur & l'amour, & l'efpoir des Mortels :
Mais, pour mieux triompher, fois l'appui des Autels.

à Lifois.

Lifois, fuis ce cher fils ; fois-lui toujours fidéle ;
Et que ta noble race, héritant de ton zéle,
De fon Trône à jamais foit le plus ferme appui.

à Albizinde.

Et vous, Madame enfin, hâtez-vous aujourd'hui,
Par les plus doux liens, de devenir ma fille ;
Que cet hymen releve une augufte famille !
Mais, Dieux ! je m'affoiblis ; je fens... cachez vos pleurs.
Approchez mes enfans...

Albizinde & Clovis embraffent fes genoux.

Embraffez-moi ; ... je meurs.

Fin du cinquiéme & dernier Acte.

Fautes à corriger.

Page 20. *vers* 3. *d'en bas*, je ne l'oublierai, *lifez*, je ne l'oublîrai. *Page* 24. *vers* 15. n'a pour toi, *lifez*, n'as pour toi. *P.* 30. *vers* 4. *d'en bas*, encore, *lifez*, encor. *P.* 36. *vers* 4. *d'en bas*, ne nous enviez, *ajoutez* pas. *Page* 40. Scene VI. *lifez*, Scene IV. *Page* 43. *vers* 1. par fuite, *lifez*, par la fuite. *Page* 48. *vers* 3. *d'en bas*, a ! *lifez*, ah ! *Page* 68. *vers* 4. j'attache *lifez*, s'attache.

J'Avois résolu d'exposer ma Tragédie au jugement du Public sans tâcher de le prévenir en ma faveur, & sans chercher à repondre aux diverses objections qu'on a fait contre elle : mais j'ai trouvé un Défenseur si zélé dans l'Auteur de la Lettre qui a paru adressée à Madame Berthelot, & il m'a semblé qu'il avoit si solidement refuté les plus fortes critiques qu'on en faisoit, que je ne puis me refuser la satisfaction de joindre cette Lettre à ma Piéce, non que je croïe mériter tous les éloges qu'il lui donne : mais aussi comme je ne crois pas mériter tout le mal que mes Ennemis en ont dit, je me flatte que le Lecteur sensé, prenant le milieu entre l'excès de louange & l'excès de blâme, il me rendra par ce sage temperamment la justice qui m'est dûe, & réduira par là mon Ouvrage à sa véritable valeur.

LETTRE DE MR. P***

A MADAME BERTHELOT, A Montalais.

Au sujet de la Tragédie de CHILDERIC.

MADAME,

Ce n'est ni par paresse, ni par indifférence que je ne me suis pas pressé de vous rendre compte de la nouvelle Tragédie de *Childeric*. La premiere représentation fut si tumultueuse, & la Piece par elle-méme demande tant d'attention, que je n'ai voulu hazarder mon jugement qu'après l'avoir vûë plusieurs fois, & m'être mis à portée d'entendre ce qui se diroit de part & d'autre. J'ose penser que c'est une de ces Pieces qui gagne à être vûe, & qui, bien différente de la plûpart de celles de nos jours dont on est dégoûté de fort bonne heure, vous attache & vous intéresse encore plus quand on la revoit : on y découvre toujours plus de génie, d'invention & d'art.

Le sujet a paru d'abord très-broüillé ; il est en effet bien *implexe*, mais beaucoup moins que celui de tant d'excellentes Pieces. (Les Tragedies *de Rodogune*, *d'Heraclius* (1) ; *d'Amasis*, *d'Ino & Melicerte* (2) ; *de Rhadamisthe & Zenobie* (3) ; *d'Agrippa* (4) *ou du faux Tiberinus* & autres en font preuve.) Et il est expliqué avec autant de netteté qu'il a été possible.

1. Du grand Corneille.
2. De la Grange.
3. De Crebillon.
4. De Quinault.

La vivacité Françoiſe n'a preſque pas voulu écouter celle-cy & l'a condamnée d'abord ſans l'entendre : ce n'eſt qu'à la ſeconde & troiſiéme repréſentation qu'on a commencé de lui rendre juſtice. On remarque que les Anglois, les Italiens & autres Etrangers qui la voïent, la ſaiſiſſent dès la premiere fois, & qu'ils n'y trouvent pas cette obſcurité que la plûpart des François lui reprochent, ou plûtôt dont ils veulent bien l'accuſer.

Je vais tâcher de vous en donner l'idée, en attendant, Madame, que le grand jour de l'impreſſion vous mette en état d'en juger par vos yeux. Je me garderois bien d'en crayonner l'eſquiſſe ſi vous étiez de retour ici : Votre abſence me met dans l'obligation d'écrire à la perſonne la plus ſpirituelle du monde, ce qu'on penſe des ouvrages d'eſprit.

Je prédis d'avance à l'Auteur de Childeric, qu'il gagnera beaucoup au tribunal d'une lecture ſans diſtraction, & qu'il ne doit pas craindre le ſort de quantité de Pieces nouvelles, qui perdent dans le cabinet les trois quarts de leur mérite. Une analyſe raiſonnée & ſuivie, me guidera dans l'extrait que j'entreprens :

Sujet de la Tragédie.

Gellon s'étant fait un parti parmi les François & ſecondé des troupes Romaines, entreprend de détrôner Childeric : en effet il y réuſſit, pourſuit ce Roi malheureux, fait mourir ſes Enfans, ſes Neveux, & tous ceux qui ont paru les plus zélés pour lui. Il tient ce Roi dans une étroite priſon, & ſon épouſe Baſine dans un fort ; enfin, craignant toujours quelque révolution, il ordonne qu'on faſſe mourir Childeric, & s'en fait apporter la téte. Le cruel n'a conſervé de toute la race de Pharamond, qu'une Princeſſe, que l'Auteur appelle Albizinde, & qu'il dit être niéce de Childeric. Mais la Reine Baſine a ſauvé un de ſes fils, & l'a ſouſtrait à la fureur de Gellon. Cependant Gellon avoit deux fils jumeaux, qu'il avoit confiés à Evagès. Ce Courtiſan avoit feint de ſe ranger du parti du Tyran, quoiqu'en ſecret attaché à Childeric, & d'intelligence avec Baſine. En effet, pour ſervir ſon véritable Roi, & aſſûrer du moins la couronne à ſon fils, Evagès met le fils de Childeric à la place du fils aîné de Gellon. Le Tyran s'apperçoit même dans ce tems-là de quelque intelligence entre Evagès & Baſine, & les fait mourir tous deux. La place d'Evagès eſt donnée à Clodoade ; un bruit court alors qu'il y a un fils de Childeric vivant, ce qui cauſe des mouvemens parmi les peuple, que le Tyran craint avec raison;il charge Clodoade de poursuivre ce prétendu fils de Childeric. Clodoade le cherche, & on lui remet enfin l'enfant qui passe pour le fils de ce Roi. Clodoade touché de pitié, au lieu de le faire mourir, songe à le sauver; & comme il en cherche les moyens, le second fils de Gellon, dont il a soin, vient à mourir; il remet le fils qu'il croit appartenir à Childeric, à la place de ce second fils de Gellon, & porte au Tyran son propre fils, percé de coups & défiguré, en lui disant, que c'est là le fils de Childeric qu'il a trouvé, & qu'il a poignardé; ce qui lui gagne totalement la confiance & l'amitié de Gellon.

Clodoade a pris pour témoin de la supposition qu'il vient de faire, Sinnorix, qui est un homme attaché à Childeric, & qui devient ensuite un objet des fureurs du Tyran. Clodoade de plus a eu soin de prendre des attestations de Sinnorix. Enfin Gellon après quinze ou dix-huit années de regne, de trouble & de crainte, meurt. Clovis qui passe pour son fils ainé lui succéde, & Clodoade conserve auprès de ce Prince, la même place qu'il avoit auprès de son prétendu pere; il a déja obtenu toute sa confiance.

D'un autre côté, Childeric, qu'on croit avoir été immolé par Gellon, a été sauvé par le Chef qui le gardoit; lequel, d'accord avec Evagès, l'a fait fuir, & a porté au Tyran la tete d'un de ses soldats qui venoit de mourir. Childeric retiré dans la Turinge, s'est tenu caché sous un nom supposé, attendant toujours que quelque occasion favorable lui donnât les moyens de remonter sur le trône.

Evagès près de mourir, a chargé Lisois d'un paquet pour Childeric, dans lequel il lui envoie une lettre de la Reine Basine, qui atteste à son époux l'échange qu'Evagès a fait de leur fils avec le fils aîné de Gellon. Evagès apprend en même tems à Lisois que Childeric a été sauvé de la fureur de Gellon, & le presse de renouveller ses soins & son ardeur pour leur Roi malheureux. Lisois n'oublie rien pour en découvrir la retraite; son zéle est inutile : lui-même a été envoyé en exil dans la Rhétie par Gellon, & n'est rappellé que par Clovis, dont la générosité fait grace à tous ceux que son prétendu pere a poursuivis.

Voilà, Madame, les faits antécédens à l'action de la piece qui sont exposés avec un art infini, une Scene n'apprenant que ce qu'il faut pour l'intelligence de celle qui la suit : Voici à présent l'action de la Tragédie, détaillée aussi-bien que j'en suis capable.

Ici l'Auteur de la Lettre fait un extrait Scene par Scene de la Piece, qui devient inutile, puisque la voici en entier. On peut voir pourtant cet extrait dans le Glaneur tome 3. brochure où cette Lettre se trouve imprimée. Il poursuit ainsi.

Je ne doute point, Madame, que ce simple Extrait où je n'ai fait que suivre rapidement l'action, ne vous donne une forte envie de voir une Piece si bien imaginée, si bien conduite, & si intéressante. Tout y est annoncé & amené avec art ; les Scenes y naissent l'une de l'autre ; les Acteurs n'entrent & ne sortent qu'avec quelque motif ; le dénouement préparé dès l'exposition, n'est pourtant pas aisé à prévoir : les caractéres ne se démentent jamais, & ils sont parfaitement contrastés. Que la noirceur de Sigibert réleve la générosité & la grandeur d'ame de Clovis ! Quelle vertu dans Albizinde ! Quelle fermeté dans Childeric ! Il n'est pas jusqu'au seconds rolles qui ne soient maniés avec beaucoup de réflexion : Lisois & Clodoade contrastent entre eux : l'un a toujours suivi le parti de la justice & du devoir sans recourir à aucune feinte qu'il croit indigne d'un sujet fidele ; & l'autre n'a jamais marché que par détour & par trahison vers une fin noble & louable. Quoique l'amour jette un grand intérêt dans cette Piece, il est pourtant subordonné à des plus grands objets : Il agit beaucoup, mais parle peu : En un mot, il y est traité comme il devroit l'être dans la Tragédie, dont il ne doit pas faire tout le fond, & où l'on doit faire regner par tout les plus grands exemples, & faire triompher les plus sublimes vertus.

Pour moi j'ai senti tous les mouvemens que la représentation d'une belle Tragédie doit inspirer. Pitié, terreur, élévation de l'esprit, attendrissemens du cœur ; j'ai passé successivement d'un de ces sentimens à l'autre : aussi ne puis-je revenir de l'étonnement où je suis, de voir une quantité formidable de Critiques s'élever contre cet ouvrage. Ce n'est ni la partialité, ni la complaisance qui me font parler, mais j'ai droit de dire mon sentiment sans mériter le blâme de personne. Permettez-moi, Madame, de vous rapporter les principales objections qui sont venues à ma connoissance, & de prévenir par des raisons qui les détruisent sans retour, la mauvaise impression qu'elles pourroient faire sur vous, si les préjugés vulgaires avoient quelque droit sur un esprit philosophe.

La premiere & la plus générale, c'est l'obscurité des deux premiers Actes. Mais quoiqu'on en puisse dire, je ne conviendrai jamais de ce défaut. Une Piece peut être très-implexe, & n'être point obscure, si les faits y sont exposés peu à peu, simplement

ment & sans aucun détail inutile : c'est ce que j'ose dire avoir été rempli par l'Auteur de Childeric.

A la fin du premier Acte chacun croit que Sigibert est fils de Childeric, & que Clovis est fils de Gellon ; on voit deux sujets zélés s'empresser pour un Prince qui paroît, dès les premiers vers qu'il dit, dévoré d'une ambition démesurée ; on les voit conspirer contre un Roi vertueux, dont les sentimens intéressent dès le premier abord. On est fâché en un mot que Sigibert soit fils du vrai Roi, & que Clovis ne doive le jour qu'à un Tyran. On ne s'attend pas au grand effet que l'erreur de Clodoade produit sur Lisois, qui, convaincu que Sigibert est son vrai Maître, lui remet le dépôt important par où Sigibert lui-même apprend la méprise de Clodoade, & découvre au spectateur, avec un art qu'on n'a jamais vû sur le Théatre, ce qu'il est nécessaire qu'il sache ; c'est-à-dire, que Clovis est le vrai fils de Childeric, & que Sigibert est le fils de Gellon. Les vers qui expliquent ce double échange, sont si clairs, qu'il faut fermer les oreilles pour ne les pas entendre. Sigibert réfléchissant sur le paquet qu'il vient de recevoir, dit en termes clairs & précis : *Je fus changé deux fois par mes deux Gouverneurs. J'étois l'aîné des enfans de Gellon. Evagès par le premier échange, donna mon nom avec ma place au fils de Childeric, ce qui me faisant passer pour fils de ce Roi, l'on alloit sous ce titre, me livrer à la mort, lorsque, par un second échange, on m'a remis à la place de Sigibert qui venoit de mourir.*

Pour moi je ne sais, Madame, où est l'obscurité que l'on trouve dans ce récit ; mais c'est ici où j'admire l'art de l'Auteur, qui, ayant prévû la peine que les Français trop vifs, auroient de se prêter à l'attention qu'il demandoit d'eux ; & connoissant d'ailleurs que, pour avoir du plaisir à la représentation de sa Piece, il suffisoit de savoir lequel des deux Princes étoit le véritable fils du Roi, fait dire à Sigibert, après avoir expliqué l'énigme, que le fils de Childeric n'est autre que Clovis, & que lui-même est le véritable fils de Gellon. Encore une fois, ne faut-il pas *s'assourdir* soi-même, pour vouloir trouver de l'obscurité dans cette exposition.

Que l'on convienne de bonne foi, que tout l'Héraclius est cent fois plus embrouillé ; & si on l'a toujours regardé comme le chef-d'œuvre de l'esprit humain, pourquoi refusera-t'on à l'Auteur de la nouvelle Tragédie, les applaudissemens qu'il mérite, pour avoir osé, après l'inimitable Corneille, non seulement entreprendre une Piece dans le goût de ce grand Homme, mais pour y avoir mis des beautés du premier ordre, & l'avoir conduite avec tout l'art qu'un Auteur consommé au Théatre auroit à peine; sans qu'on puisse lui reprocher d'avoir rien pris du dessein, des situations, ni des intérêts de son modéle?

Quel surcroît d'intérêt ne produit pas alors la détermination de Sigibert, de cacher le secret, & de perdre Clovis? Monsieur de Morand, par une invention sans exemple, met les seuls spectateurs dans sa confidence, tandis que les personnages abusés agissent contre leur propre intention, & que Sigibert qui posséde seul le secret, va droit à son but, mais par des voyes qui font trembler le spectateur.

On passeroit ce double échange, ont dit quelques Critiques, s'il étoit absolumenr nécessaire, (& c'est ici la seconde objection) mais il y en a un qui est sûrement inutile. C'est ce qu'on leur niera tant qu'ils ne montreront pas la ressource de leur génie à simplifier ce fait, sans changer les grandes situations de la Piece. C'est-là un propos hasardé, & qu'on peut regarder comme tel, jusqu'à ce que la question de fait qu'il contient, soit démontrée.

La troisiéme objection, Madame, est sur l'arrivée du Roi, qui vient trop témérairement, à ce qu'on a prétendu. Mais quelle est donc la témérité de ce Roi, qui ayant attendu la mort de Gellon, & que la Princesse sa niéce fût en âge de lui prêter du secours, vient avec toutes les précautions possibles, s'adresser à elle en inconnu, pour sonder ses dispositions en faveur de Childeric? A-t'il une voye plus naturelle & plus simple pour former une conspiration contre le fils de Gellon, qu'il croit un jeune homme, dont la puissance ne doit pas encore être bien affermie?

Il doit craindre du moins d'être découvert, ajoûte-t'on, & puisque Clodoade & Lisois le reconnoissent dès le premier abord; pourquoi d'autres Courtisans ne le reconnoîtront-ils pas?

La réponse à cette objection est dans la Piece même, & est encore un effet de l'art du Poëte. Ce qui fait que le Roi est reconnu par les deux conspirateurs, c'est qu'ils sont prévenus par Albizinde qu'il est vivant, & qu'un homme arrivé de sa part doit leur en donner des nouvelles. Alors ses traits les frappent; ils se jettent à ses genoux: mais ceux qui sont persuadés qu'il ne vit plus depuis 15. ou 18. ans, se garderont bien de soupçonner, même en reconnoissant des traits semblables aux siens, que c'est lui-même qui se présente à leurs yeux. Sur quelques traits ressemblans d'une personne qu'on a connu & qu'on a vû mourir, on ne s'imagine pas que les morts reviennent du tombeau, & l'on est plus porté à croire que c'est un homme qui ressemble à celui qu'on compte perdu, que de penser que c'est le mort lui-même ?

Quatriéme grief. Car, Madame, on épluche tant qu'on peut dans ce monde ceux qui courent la carriere épineuse du Théâtre. On vétille sur tout en fait d'ouvrages d'esprit, & c'est en effet le principal apanage du Public littéraire. On reproche donc à l'Auteur, d'avoir fait mourir Childeric, & l'on dit qu'il auroit bien mieux valu exposer Sigibert mourant aux yeux du spectateur, qui auroit déclaré sur le Théâtre son secret. Pour cet article, on sçait, sans en pouvoir douter, qu'il n'y a point de moyen que M. de Morand n'ait pris pour atteindre au dénouement le plus heureux ; mais les Comédiens ont été obstinés à vouloir qu'il se fist par la mort du Roi. Ces Messieurs ont crû que ce pere mourant pour sauver la vie à un Héros, tel que Clovis, & qui se trouve son fils, que la joye de Childeric à la vue d'un fils si généreux & si grand, que les regrets de Clovis & d'Albizinde produiroient un effet plus attendrissant que toute autre catastrophe, & je crois qu'ils ont eu raison. Le parfait bonheur de Clovis & d'Albizinde console de la perte du Roi, & ne laisse pour ainsi dire rien à desirer au spectateur attendri & content. J'ai même trouvé plus de personnes qui l'approuvoient que de celles qui la blâmoient. D'ailleurs Sigibert expirant sur le Théatre, n'eut excité que de l'horreur ; & dès que Childeric ne mourroit pas, le fils de Gellon dementiroit son caractére en déclarant un secret qu'il doit tâcher d'ensevelir à jamais, s'il a le tems de vivre quelques minutes après le coup mortel qu'il a reçû : au lieu que voyant mourir de sa main le Roi, il trouve un plaisir dans le désespoir que Clovis aura en le reconnoissant pour son pere ; & il est d'autant plus fondé à chercher d'en jouir, qu'il se voit perdu sans qu'il lui reste assez de force pour soustraire aux yeux de Clovis la preuve de sa naissance que le Traître a sur lui, comme il l'avoue, connoissant l'impossibilité de dissimuler plus long-tems. Cet aveu suffit pour faire présumer, lorsqu'on voit venir le Roi mourant assurer à Albizinde qu'il est pere de Clovis, qu'on a trouvé la preuve que Sigibert en avoit, qui auroit dû être lue sur le Théatre, si celui-ci y eut fait sa confession : ce qui auroit jetté une langueur affreuse dans la derniere Scene, & ce qui a empêché l'Auteur d'y faire la reconnoissance du pere & du fils. C'est encore un des plus grands effets de l'art du Poëte d'avoir trouvé dans la malice de Sigibert un motif pour lui faire garder des écrits qu'il auroit dû déchirer aussi-tôt.

Pour ceux qui vouloient que ce Prince fût arrêté & désarmé

par les Gardes de Clovis, lorſqu'il vient pour forcer le Palais, & que, voyant la parfaite intelligence de Childeric & de Clovis, il ſe tuât de déſeſpoir en dévoilant tout le myſtére;ſans doute ils n'ont pas fait réflexion que Sigibert arrété, n'auroit pas eu un ſujet de rage aſſez vif pour en venir à cette extrémité.Qu'auroit-il eu à craindre, puiſqu'il ne paroiſſoit armé que pour ſauver ſon pere, & que paſſant pour fils de Childeric, il devoit du moins ſe promettre la couronne après la mort de ce Roi? Ainſi tout le parti qu'il auroit eu alors à ſuivre, eut été de feindre & de ſonger à mieux prendre ſon tems pour faire perir le pere & le fils. Un Critique ſaiſit promptement une idée brillante qui ſe préſente à lui; & comme il ne peut avoir fait ſur un ouvrage autant de réflexion que celui qui l'a compoſé, il ne faut pas s'étonner ſi les expediens qu'il propoſe, ſont preſque toujours plus défectueux que ce qu'il blâme.

Sans me mêler autrement de Poëſie,quoique je ne ſois pas trop initié aux myſteres des neuf ſœurs,&que je ſois peu propreà juger du langage des Dieux,j'oſerois bien pourtant juſtifier la vérification de cette Piéce,contre un nombre infini de perſonnes,qui admirateurs nés des vers qui font beaucoup de bruit, vuides de ſens,& qui n'ont d'autre mérite que le bourſouflé, ne peuvent ſe ſatisfaire d'une vérification douce,mais noble; ſimple, mais harmonieuſe; d'une juſteſſe de dialogue qui fait preſque toujours prévoir aux perſonnes de bon ſens, la réponſe que fera celui qui va parler. Ces Ariſtarques ne veulent que des détails mal placés, des deſcriptions poëtiques, des penſées haſardées, & font peu d'attention aux beautés réelles & ſolides qu'on doit admirer dans l'arrangement d'un Poëme, dans la relation de ſes parties, dans la netteté de l'expreſſion, enfin, dans cette noble ſimplicité dont on s'écarte par tout. Le mépris qu'on en fait entraînera la ruine du bon goût, & inſenſiblement celle des beaux Arts.

Je n'ai pas aſſez de mémoire pour vous citer, Madame, un nombre infini de beaux vers, tirés de cette Tragédie, qui m'ont frappé, & qui vous frapperoient ſans doute. Vous jugeriez par ces dignes échantillons, que s'il ſe peut trouver quelques morceaux négligés pour la vérification, ce ſont ſans doute de ces endroits ſur leſquels ſeront tombées les corrections faites par l'Auteur à ſon Ouvrage. Quand on ne verſifie pas dans le feu de la compoſition, & que ce n'eſt que pour redreſſer certains endroits défectueux par le fond,il eſt poëtiquement impoſſible de compoſer des vers auſſi forts & auſſi bien tournés que ceux que dicte l'enthouſiaſme poëtique.

Néanmoins, Madame, ma mémoire n'eſt pas ſi ingratte que je le penſois ; je me rappelle à propos pluſieurs traits de ſublime qui brillent dans ce Poëme. Ceux qui ont écrit ſur cette matiére, l'Abbé d'Aubignac, Deſpréaux & les autres, en auroient trouvé preſqu'autant d'exemples tirés de cette ſeule piéce, qu'ils en ont pû extraire de pluſieurs célébres Tragédies. Souffrez, Madame, que j'en décore cette Lettre, & que je prévienne le plaiſir que vous aurez à les lire dans la Piéce même. Je vous dédommage par-là de l'ennui d'une fatigante Lettre, tracée à la hâte, & dictée par la néceſſité embaraſſante, où, tout mauvais Proſateur que je ſuis, je me trouve réduit de vous mander de Paris les nouvelles & les diſſentions littéraires.

Dès le premier Acte, Clodoade répondant à Liſois, qui lui reproche d'avoir fait mourir le fils de Childeric, lui dit....

Si je l'avois ſauvé, s'il reſpiroit encore,

Ce Fils! Que dirois-tu ?

Liſois lui réplique.....

Que tu fis ton devoir.

Dans le ſecond Acte, Sigibert ſe diſant fils de Childéric à Albizinde, elle reprend avec mépris....

Vous, fils de Childéric! Non, il n'eſt pas poſſible!

Dans le troiſiéme Acte, Childéric demandant à Liſois & à Clodoade, ce qu'ils pourront faire pour lui ; Clodoade répond...

Ce que, pour votre fils, nous allions entreprendre.

Dans le même Acte, Albizinde preſſée par Clovis de venir au Temple pour l'épouſer, où elle ſçait qu'il doit être aſſaſſiné, elle lui dit enfin....

Si mon cœur en frémit, c'eſt parce qu'il vous aime.

Dans le quatriéme Acte, Clovis preſſant la Princeſſe de lui déclarer quels ſont ſes ennemis, elle lui répond noblement....

Les vrais Français.

Dans le même Acte, Childéric diſant qu'il eſt encore une reſſource pour ſa gloire, & la Princeſſe répondant *éh quoi ?* le Monarque réplique....

Mourir en Roi.

Enfin, dans le cinquiéme, Clovis voulant faire éprouver à Childéric des tourmens, pour arracher ſon ſecret, après avoir dit à ſes Gardes....

Qu'au milieu des tourmens on l'oblige....

Voyant avancer les miniſtres de ſa fureur, il s'écrie tout à coup....

Arrêtez,

Plus bas Childéric reprochant à Clovis l'usurpation, la tirannie, les fureurs de Gellon, & le pressant d'ordonner enfin sa mort, il finit par ce vers,

Du fils de mon Tyran, que dois-je encore attendre?

à quoi Clovis répond,

Le Thrône.... il t'appartient, & je dois te le rendre.

Ce trait me paroît au moins égal au *qu'il mourut*, (a) au *moi*, (b) au *l'admirer* (c); il renferme non seulement un sentiment aussi beau que tous ceux-là, mais encore une action qui est le plus grand triomphe de la vertu: les autres ne donnent rien, & celui-ci donne tout.

Dans la même Scéne, Clovis ayant témoigné à Childéric qu'il n'avoit point hérité des fureurs du Tyran dont il avoit reçû le jour, Childéric l'embrassant à ses genoux s'écrie....

Ah! tu n'es point son fils.

Tous ces traits là, Madame, sont sans contredit du vrai sublime, & comme ils sont dans des genres differens, on peut dire que dans cette Piéce on trouve des exemples de tous les genres de sublime.

Pendant que je tiens la plume, il ne me coûtera pas plus de justifier mon Auteur sur un reproche qui devroit peu toucher un Poëte; mais lorsqu'on peut confondre l'envie & la malice, doit-on se refuser un plaisir si doux? On l'accuse d'avoir peu suivi l'Histoire, ou plûtôt de l'avoir totalement laissée à côté. Eh! depuis quand les Poëtes se sont-ils piqués d'être Historiens?

Il ne leur est pas permis sans doute de changer certaines circonstances dans des sujets connus & consacrés par l'Histoire: Ainsi un Poëte qui feroit mourir César avant Pompée, qui feroit un lâche d'Alexandre, un cruel de Titus, & un Roi fainéant de Charlemagne, mériteroit sans doute d'être sifflé généralement. Il est même de certains Anacronismes qui marquent l'ignorance de l'Auteur. (* *Des hommes exposés dans le Cirque sous le régne des Empereurs Chrétiens.*) Or, qu'a fait celui de Childéric, que les Poëtes les plus scrupuleux pour l'Histoire n'ayent fait avant lui?

Childéric a été chassé de son Royaume; Gillon s'est emparé de sa Couronne; Childéric a resté des années entieres dans la Thuringe. Enfin, par l'entremise de Guiomans ou Guiomade

(a) Dans les Horaces de P. Corneille.
(b) Dans la Medée du même.
(c) Dans le Pyrrhus de Crebillon.

* Dans la Tragédie de Pharamond. Quoique cette Piéce ait été jouée avant Childeric, on sçait que celle-ci étoit reçue des Comediens avant celle de Pharamond.

qui avoit feint d'être attaché à Gillon, il est remonté sur son Thrône.

Je ne dirai point que le P. Daniel prétend que tous ces faits sont faux, puisque tant d'autres Ecrivains les rapportent; du moins, puisqu'ils sont contestés par un de nos plus savans & de nos plus fideles Historiens, un Poëte doit-il en avoir plus de liberté pour les arranger à son gré. Ainsi M. de Morand a supposé que Gillon, qu'il appelle Gellon pour éviter la mauvaise plaisanterie de *Gilles*, *Gillon*, étoit un Tyran qui a détrôné & voulu faire périr Childéric; que Childéric a été sauvé pour un bon sujet, & qu'il revient après la mort de son Tiran pour rentrer dans ses droits; que Guiomade, qu'il a crû encore devoir appeller Clodoade, pour ménager les oreilles délicates, s'est intéressé pour lui, & qu'enfin Childéric est remonté sur son Thrône par la générosité de son propre fils, au lieu d'en donner tout le succès à Guiomade; n'est-ce pas là une histoire bien altérée?

Il a allongé le tems de l'exil du Roi, & au lieu de le laisser regner comme il a fait depuis son retour au Thrône, il le fait mourir en sauvant la vie à son fils; cela est-il moins pardonnable que de faire mourir Jocaste sur le Théatre, après avoir reconnu Oedipe pour son fils, quoiqu'on sache qu'elle a vecû long-tems après?

Enfin, Clovis n'a-t'il pas tué de sa propre main le fils de Gillon, nommé Siagrius, que pour les raisons déja énoncées l'Auteur à changé en celui de Sigibert? L'incertitude même de la naissance de Clovis, n'est-elle pas un fait historique? Je l'avance avec preuve; il y a peu de Tragédies où il y ait plus d'historique que dans celle-ci. L'Auteur n'a pris que des libertés accordées de tout tems aux Poëtes, d'approcher, de reculer, d'allonger les évenemens, pourvû qu'ils ne les changent pas au point qu'ils fassent vivre ensemble des personnes qui n'ont existé que dans des siécles differens. Si les libertés poëtiques peuvent même s'étendre, c'est sans doute lorsqu'on prend des sujets d'une Histoire peu connue, ou fabuleuse par elle-même.

Voilà, Madame, ce que j'ai crû devoir vous apprendre au sujet de la Tragédie nouvelle. Je ne releverai pas la mauvaise humeur de ceux qui ont osé attaquer le caractere de Clovis. Des vertus aussi grandes que les siennes les ont sans doute révoltés autant qu'elles ont irrité Sigibert. Dans le grand nombre des Auditeurs, il s'en trouve plusieurs qui n'aiment que les Piéces où la corruption des mœurs & le Déisme triomphent.

A Dieu ne plaise que je souhaite des succès à ce prix au jeune

Auteur de Childéric. Il prend une route qui lui assûrera du moins l'estime & l'approbation des honnêtes gens, s'il ne peut obtenir le suffrage de ceux que la mode & la prévention déterminent. Le Théatre est établi pour épurer les mœurs, non pour les corrompre. De même qu'un Auteur comique charge le ridicule qu'il attaque, ainsi le tragique doit-il outrer les vertus qu'il veut faire aimer.

Il me semble que telle est l'idée de notre Auteur, & qu'il tâche en cela d'imiter le grand Corneille. C'est en suivant de pareils modeles qu'on est assûré de se faire beaucoup d'honneur, même en échouant. Je ne crains point, Madame, d'en dire trop sur cette matiere ; c'est de vous que je tiens ces sentimens, & c'est par eux que vous vous distinguez d'une façon superieure parmi les personnes de votre sexe. Je ne dois pas finir ma Lettre sans vous dire un mot de l'admirable Actrice qui fait Albizinde. La Dlle. Gaussin fait voir dans ce rolle qu'elle est capable d'exceller dans tous les genres de la Tragédie ; & que dans quelque caractere qu'elle paroisse, on ne doit regretter aucune des Actrices illustres qui l'ont précédée.

J'ai l'honneur d'etre avec le plus profond respect,

Madame,

*VOTRE, &c. P****

P. S. J'allois cacheter ma Lettre, Madame, lorsqu'il m'est revenu un autre chef d'accusation qu'on intente à mon Auteur : nouvelles procedures à faire, mais j'abrége en deux mots. On dit que la situation de son Héroïne, obligée de conduire son Amant au Temple pour y étre immolé, ou de trahir son Roi, est prise d'Electre. Je vous avoue que je n'avois pas été frappé de cette ressemblance ; mais quoiqu'il y ait quelque chose d'approchant dans Electre, avec bien des differences, je crois que le plus grand honneur qu'on puisse faire à M. de Morand, c'est de rappeller cette idée. La situation d'Albizinde est bien plus intéressante que celle d'Electre ; elle produit un effet bien plus surprenant, & elle est traitée bien differemment ; d'ailleurs je suis persuadé que l'Auteur de Childéric, malgré cet avantage, n'a pas eu envie de lutter contre un Homme illustre, dont il respecte la personne, & estime les grands talens. C'est ainsi que quelquefois l'envie & la malice pretent des armes contre elles-mêmes, & travaillent à la gloire de ceux qu'elles veulent détruire.

FIN.

www.ingramcontent.com/pod-product-compliance
Ingram Content Group UK Ltd.
Pitfield, Milton Keynes, MK11 3LW, UK
UKHW020243220726
13923UKWH00002B/800

9 782019 299002